Susanna Tamaro

Mein Herz ruft deinen Namen

Susanna Tamaro

Mein Herz ruft deinen Namen

Roman

Aus dem Italienischen
von Maja Pflug

Piper München Zürich

Mehr über unsere Autoren und Bücher:
www.piper.de

Die Originalausgabe erschien 2011 unter dem Titel »Per sempre«
bei Giunti, Firenze / Milano.

FSC
www.fsc.org
MIX
Papier aus verantwortungsvollen Quellen
FSC® C083411

ISBN 978-3-492-05509-3
3. Auflage 2013

Gesetzt aus der Legacy Serif ITC Pro
Satz: Fotosatz Amann, Aichstetten
Druck und Bindung: CPI – Clausen & Bosse, Leck
Printed in Germany

Gott hat der Erde den nährenden Odem gegeben,
den Odem, der allem das Leben gibt.
Er braucht diesen Odem nur zurückzuhalten,
und alles wird vergehen.
Dessen Odem redest du, dessen Odem atmest du,
und diesen Gott kennst du nicht, o Mensch!

Theophilus von Antiochien

I

Ich lebe hier oben und empfange diejenigen, die den Berg heraufsteigen.

Manche haben ein Ziel, andere wandern einfach durch die Wälder. Viele Wege führen herauf, nur einer davon kommt hier vorbei, vielleicht der abwechslungsreichste. Manche gehen einfach weiter, ohne mich auch nur eines Blickes zu würdigen, andere bleiben neugierig stehen.

»Was ist das hier, eine Berghütte, ein Gasthaus?«

Sie verstehen nicht.

»Bin ich Ihnen etwas schuldig?«, fragen sie, wenn ich ihnen außer Wasser auch Wein anbiete.

»Der Preis ist das Geschenk des Gastes«, antworte ich.

Manche lächeln, bemühen sich zu begreifen; andere trinken rasch aus und gehen, ohne sich noch einmal umzudrehen, als verfolgte sie eine unsichtbare Gefahr.

Zuweilen jedoch kommen die Menschen wieder. Nicht wegen des Berges, sondern wegen dieses Zimmers, in dem das Feuer brennt. Nur wenige geben zu, dass sie extra gekommen sind, die meisten erfinden Ausreden: »Ich kam zufällig vorbei … Ich habe hier in der Nähe Pilze gesucht … Ich wollte auf der anderen Seite aufsteigen, habe mich aber im Weg geirrt …«

Am häufigsten kommen diejenigen zurück, die Wasser und Wein lächelnd angenommen haben. Die, die geflüchtet sind, sehe ich selten wieder, und wenn, verbringen sie mehr Zeit damit, sich zu rechtfertigen. Einer hat mich sogar angeschrien: »Ich habe doch keine Zeit zu verlieren!«

»Warum sind Sie denn dann gekommen?«, habe ich ihn gefragt. »An diesem Ort steht die Zeit still.«

Manche dagegen kommen und schütten mir ihr Herz aus.

»Trösten Sie mich, Padre«, hat eine Frau einmal am Ende ihrer Geschichte zu mir gesagt.

»Ich bin kein Pfarrer«, habe ich geantwortet.

Ruckartig ist sie aufgesprungen: »Ja, warum habe ich Ihnen dann das alles erzählt?«

»Das weiß ich nicht.«

»Womöglich sind Sie ein Betrüger!«, hat sie im Hinausgehen geschrien.

»Was hätten Sie denn gewollt? Was hätte ich denn sein sollen?«, habe ich geantwortet, aber meine Worte sind an den Brettern der zugeschlagenen Tür abgeprallt.

Häufig fragen mich die Leute im Sommer, wenn sie meine Schafe sehen: »Verkaufen Sie Käse? Diesen guten, echt biologischen?«

»Ob er gut ist, weiß ich nicht«, antworte ich, »aber wenn Sie wollen, können Sie ihn probieren.«

Sie nehmen es übel, wenn ich sage, dass ich ihn zu meinem persönlichen Gebrauch herstelle. Zum Trost biete ich ihnen an, dass sie ein Stück mitnehmen dürfen.

»Gern, danke«, antworten viele, »aber ich bezahle es.«

»Das ist nicht nötig.«

»Ich möchte aber.«

»Gut, wenn es Sie glücklicher macht ...«

»Sie sind doch kein Hirte.«

»Wenn ich bei den Schafen bin, bin ich ein Hirte.«

»Ja, gut, aber Sie leben nicht davon.«

»Wenn ich den Käse esse, lebe ich davon.«

»Und was machen Sie, wenn Sie nicht Hirte sind? Was arbeiten Sie?«

»Ich stelle die Sachen her, die ich zum Leben brauche.«

»Ist das alles?«, wundern sie sich. »Das ist doch keine richtige Arbeit!« Andere lächeln: »Sie Glücklicher! Wie gern würde ich auch hier oben leben!«

Wenn man weitab von der Welt wohnt, zieht man leicht die Phantasien verletzlicher Menschen an.

In der ersten Zeit gab es einen Rentner, der häufig heraufkam. Mit schnellem Schritt näherte er sich, und er sprach ebenso schnell. Er grüßte nicht und betrat nie das Haus. Sobald er mich sah, rief er: »Ich weiß, was Sie sind, Sie sind ein Perverser, der hier oben lebt, um seine Orgien zu feiern! Ich falle nicht darauf herein, o nein, ich nicht! Warum sondert sich jemand ab, wenn er kein Schwein ist? Normale Männer haben Ehefrauen und Kinder, sie leben nicht im Wald und lauern auf Opfer! Schämen Sie sich, Sie Schwein!«, rief er und verschwand dann wieder im Wald, begleitet vom Dämon seiner Zwangsvorstellungen.

Anfangs konnte ich dieses ständige Bedürfnis nach Definitionen nicht ertragen. Wenn es kein Adjektiv, kein Nomen gibt, um dich irgendwo einzuordnen, existierst du nicht. Dann habe ich mich daran gewöhnt und verstanden, dass dieses Klassifizieren zum Wesen des Menschen gehört. Wenn ich weiß, wer du bist, weiß ich, wie ich mich dir gegenüber verhalten muss, wenn du aber ein Mensch ohne Bindungen bist und keine feste Rolle hast, weiß ich nicht mehr, was ich denken soll. Du bist nackt. Und Nacktheit ist ein Stein des Anstoßes.

Wir haben alle eine Definition, die uns erlaubt zu leben, und diese Definition ist unser Floß, dank dessen wir im Sturm der Tage nicht untergehen und ohne wahnsinnig zu werden bis zur Mündung gelangen.

2

Liebe Nora, gestern hat es zum ersten Mal richtig geschneit.

Am Nachmittag bin ich hinaus in den Wald gegangen. Der Schnee verändert alles, die Natur ist wie verzaubert. Auch ein ganz nahes Geräusch scheint von weit her zu kommen. Mehr als die Geräusche wird plötzlich deren Nachhall wahrnehmbar und all das geheimnisvolle Leben seiner Bewohner. Hier sind zwei Hasen hintereinander hergerannt, dort ist ein Eichhörnchen vorbeigesprungen, da, unter der Kiefer, ist ein Marder stehen geblieben und dann zurückgelaufen.

Überall sind Spuren, die Tierspuren und meine. Einen Augenblick lang habe ich mir vorgestellt, neben meinen wären auch die deinen.

Erinnerst du dich an unsere erste große Bergtour? Auf einer Hochebene kurz vor den Geröllfeldern unterhalb der Gipfel hatten wir das Zelt aufgestellt – ein schweres, von meinen Ersparnissen gekauftes tschechoslowakisches Zelt. Rund um uns standen Bergkiefern und weite Flächen voller Rhododendron. Es war September. Anstatt zu schlafen, verbrachten wir die Nacht mit Reden. Es war Vollmond, und der Himmel war sternenklar. Im ersten Morgengrauen wolltest du hinaus. Dir war, als hättest du den Schrei eines Adlers gehört, du wolltest nicht die Gelegenheit verpassen, den ersten Adler deines Lebens zu sehen.

Ich folgte dir, und wir setzten uns auf einen Felsen. Der Raubvogel erschien fast sofort. Mit ausgebreiteten Schwingen segelte er im klaren Licht jener eiskalten Morgenröte und wiederholte ab und zu seinen Schrei. Dann stieg er plötzlich, den Aufwind nutzend, steil nach oben und entschwand unseren Blicken. Daraufhin umarmtest du mich fest, mit eisiger Nase und kältesteifen Händen, während hinter den prächtigen Gipfeln die ersten Sonnenstrahlen leuchteten.

»Gibt es ein ›für immer‹?«, fragtest du mich.

Ich drückte dich noch fester an mich. Durch die Schichten von Unterhemden, Pullovern und Windjacken hindurch spürte ich warm und lebendig deinen schmalen Körper.

»Es gibt nur das ›für immer‹«, erwiderte ich.

Die Nacht hier oben ist jetzt hingegen schwarz wie Tinte, sie verschluckt alles, die Bäume verschwinden, der Horizont zum Tal löst sich auf, der Stall verschwindet, der Schlitten, der Lattenzaun um den Gemüsegarten. Die Formen verwischen sich, und die Geräusche klingen anders. Die Rotkehlchen, die Amseln, die Elstern und die Krähen ziehen sich ins vereiste Gezweig zurück. Im Stroh drängen sich die Lämmer an die Mutterschafe und hören auf zu blöken, nur der Atem – zwei kleine Atemwölkchen – verbindet sie, und ein leichter Dunst steigt auch aus ihrem Fell auf, es dampft in der Luft, wie der Boden im März, wenn der Schnee schmilzt und der Himmel alles erwärmt. Die Nacht hat ihre Bewohner, und die sind gesichtslos. Der beharrliche Ruf der Eule, der dringliche Schrei des Käuzchens. In der Ferne hört man ab und zu das einsame Heulen der Wölfe, dazwischen das trockene Kläffen der Füchse rund um die Häuser. Wenn dann das Dunkel allmählich weicht, hallen über den vereisten Boden das Getrappel der Hirsche und das laute Röhren, das die Paarung ankündigt.

In der ersten Morgendämmerung stelle ich Wasser auf dem Ofen auf und gehe dann mit dem heißen Krug in den Schafstall. Die Schafe liegen alle noch dicht aneinandergedrängt im Stroh, um sich zu wärmen. Sie leben seit Jahren bei mir, und jedes hat einen Namen, sie erkennen meine Stimme schon von Weitem und beantworten meine Rufe mit sanftem Blöken. Die Lämmer – mit noch makellosem Fell – ruhen eingerollt zwischen den Beinen ihrer Mütter und stupsen sie mit der Schnauze an, worauf die Mütter ihnen den Kopf lecken. Später, wenn ich ihnen die Tür öffne, purzeln sie hinaus, rennen wie wild herum und klettern im Spiel immer wieder auf einen Schubkarren, der umgedreht mitten im Hof liegt.

Mit dem heißen Wasser, das ich aus dem Haus mitgebracht habe, bringe ich die Eisschicht auf der Tränke zum Schmelzen, dann fülle ich die Krippe mit Futter. Die Tiere sind noch schläfrig und wirken nicht sonderlich interessiert. Also setze ich mich auf den Melkschemel und bleibe still ein bisschen bei ihnen.

Irgendwo huscht eine Maus durchs Stroh, und ein fröstelnder Hausrotschwanz schaut zum Fenster herein. Die Scheiben sind ganz vereist, und mein Atem bildet Dampfwölkchen, genau wie bei den Schafen.

Hier unter den Tieren zu sein schenkt mir große Ruhe. Das Stroh und die Wärme vermitteln mir ein Gefühl der Fürsorge und des Vertrauens.

Vielleicht habe ich dir das nie gesagt, aber Tiere zu haben war als Kind mein erster Wunsch. »Wenn ich groß bin, habe ich einen Stall«, sagte ich eines Morgens zu meinen Eltern. Plötzlich wurde es still im Zimmer – gewöhnlich wünschen sich die Kinder Autos, Flugzeuge, oder sie träumen von Heldentaten. »Möchtest du Bauer werden?«, fragte mein Vater verblüfft. Meine Mutter sah mich ratlos an: »Einen Stall mit einer Kuh?«

»Ja, mit einer Kuh und einem Kalb und auch mit Schafen.« Meine Eltern sind nie mehr auf das Thema zurückgekommen, und auch ich habe den Wunsch angesichts der geringen Begeisterung, die er hervorrief, nur noch in der Stille meines Herzens weiter gehegt.

Ich erzählte ihnen nicht, dass ich eines Tages, als ich mit dem Fahrrad auf dem Land um das Haus der

Großeltern herumstreunte, aus Neugier in ein Gebäude hineingegangen war, das ich für eine Ruine hielt, und dann plötzlich vor einer Kuh stand. Offenbar hatte sie wenige Stunden vorher ihr Junges bekommen; zu ihren Füßen, mit den noch verträumten Augen dessen, der aus einer anderen Welt kommt, lag das Kälbchen. Als die Kuh mich sah, schnaubte sie hörbar, als wollte sie sagen: Bleib, wo du bist, näher dich meinem Kleinen ja nicht; du kannst ihn anschauen, aber rühr ihn nicht an. Ihr Blick war nicht drohend, eher majestätisch, stolz, entschieden. Sie hatte feuchte Nüstern, Augen mit langen Wimpern – schwarz, glänzend und tief.

Nur wir drei waren dort, doch es schien, als hätte sich unter unseren drei Blicken das ganze Universum versammelt, als wäre die Zersplitterung meines Lebens einen Moment lang aufgehoben.

Da waren Staunen und Verwunderung und Kraft.

Ein Geschenk, Fürsorge und Wärme.

Da waren die Fragen und die Antworten, alle gesammelt in einem einzigen Hauch.

Deshalb hatte ich bei der Heimkehr mit der Naivität meiner zehn Jahre siegessicher verkündet, dass ich einen Stall wollte.

Wie viel von mir habe ich dir nie gesagt! Wir waren so jung, so voller Begeisterung für die Zeit, die wir erlebten. Es gab die Gegenwart – die Zeit unserer Liebe – und die Zukunft, die das sein sollte, was wir uns in den kommenden Jahren gemeinsam aufbauen würden: die Arbeit, die Wohnung, die Kinder, immer bestrebt, die Welt besser zu machen, als wir sie vorgefunden hatten. Alles, was hinter uns lag, war bedeutungslos, wir waren uns sicher, dass unsere Leidenschaft und unsere Liebe jedes Hindernis überwinden würden.

Es gefiel dir, unser Leben mit einem Wasserlauf zu vergleichen. »Jetzt sind wir ein Gebirgsbach«, sagtest du, »springen ungestüm zwischen Felsblöcken, bilden Wasserfälle, und unser Plätschern und Rauschen hallt von den Gipfeln bis ins Tal. Eines Tages jedoch werden wir Flüsse in der Ebene sein – ruhig, breit und träge –, und wir werden gar keine Geräusche mehr machen außer dem Rascheln, das der Wind erzeugt, wenn er durch die Weiden streicht.«

»Wird das langweilig sein?«, fragte ich.

»Nein, ganz natürlich.«

Nachts im Bett, den Blick auf die Decke geheftet, spielten wir daher oft: »Welcher Fluss möchtest du sein?« »Möchtest du die Dora Baltea sein?«, fragte ich, und du strampeltest die Decke weg und riefst: »Nein! Die Dora Baltea nicht!« Sie schien dir zu klein, zu bescheiden, und auch die Vorstellung, in den Po zu münden, fandest du schrecklich. »Ich will kein Zufluss sein«, sagtest du. »Ich will ein Fluss sein, der direkt ins Meer fließt.«

Deine Leidenschaft war der Amazonas. Du konntest Stunden damit verbringen, mir die außergewöhnliche Tierwelt zu schildern, die dir im Vorbeifließen begegnete: Schmetterlinge, Papageien und die rosafarbenen Delfine, die deinen Lauf flussaufwärts schwammen.

Mein Wunsch, die Wolga zu sein, ließ dich dagegen wohlig schaudern. »Wie kannst du nur! Da gibt es doch nur Steppen, Schnee und Eis.« Dann necktest du mich: »Vielleicht, weil du in Wirklichkeit ein eiskalter Typ bist.«

»Hättest du lieber einen afrikanischen Fluss?«, erwiderte ich, indem ich dich umarmte.

Nur einmal, als ich dir den Timavo vorschlug, sahst du mich finster an. »Nein, der Timavo nicht! Das ist ein Karstfluss. Sachen, die verschwinden, mag ich nicht.«

»Ich auch nicht. Aber warum sollte ich überhaupt verschwinden?«

»Na, vielleicht, weil ich langweilig bin«, hast du lachend geantwortet.

»Du bist es, die mich eines Tages satthaben wird.« Ich wusste genau, dass ich keinen Funken Phantasie besaß.

»Alle Männer sind langweilig«, stöhntest du. »Das wissen wir seit Adam und Eva. Und je älter sie werden, umso langweiliger werden sie.«

»Und dann?«

»Ich werde es einfach nicht zulassen.«

»Und wenn ich sonntags im Radio Fußball höre, während wir Hand in Hand spazieren gehen?«

»Dann laufe ich tausend Meilen weit weg, bin kein Fluss mehr, sondern Dampf. Eines Morgens wachst du auf und findest an meiner Stelle nur das leere Flussbett.«

In den langen, einsamen Wintern habe ich mich oft gefragt, wie die Welt um mich herum wäre, wenn du sie noch mit deinen Augen sehen würdest. Als ich sagte: »Ich bin langweilig«, sagte ich die Wahrheit. Du warst für mich wie ein Schlangenbeschwörer, du spieltest, und ich kam aus dem Korb hervor. Doch ohne deine Musik wurden meine Gedanken eng wie die eines Reptils.

Deine Phantasie konnte noch das banalste Ereignis in etwas Wunderbares verwandeln. Ich dagegen hatte von jeher einen forschenden Blick. Anstatt die Realität mitzugestalten, stürze ich mich lieber hinein, wühle in der Erde, grabe, bewege mich schnüffelnd und tastend voran in dem Versuch herauszufinden, was sich unter der Banalität der Tage verbirgt. Aus diesem Grund war ich wohl auch ein guter Arzt. Deshalb bin ich vielleicht sogar hier oben nie wirklich allein, die Gedanken leisten mir Gesellschaft, indem sie alles mit der Akribie eines Insektenforschers sezieren.

Zwischen zwei Bäumen erahne ich dort unten im Tal die Nacht der Menschen. Einige Häuser klettern die Ausläufer des Berges hinauf – kleine Lichter, die in der Dunkelheit leuchten, gelegentlich durchkreuzt von den Scheinwerfern der Autos. Weiter unten werden die Lichter dichter, mischen sich mit den Straßenlaternen. Geräusche dringen aus der Nacht der Menschen nur wenige herauf. Ein Hupen, ein Bremsenquietschen, ein ferner Widerhall von Glockenschlägen. Im Winter könnte ich die Wochentage allein an den heraufkommenden Tönen unterscheiden. Fünf Tage lang verstummt das unstete Brummen der Autos bei Einbruch der Dämmerung, Samstag und Sonntag dagegen nimmt es nach dem Abendessen zu - gekrönt von gelegentlichem Aufheulen der Motoren - und dauert bis zum Morgengrauen. In Autos gezwängt, fahren die Menschen in die Diskotheken und Lokale der Ebene. Sich amüsieren - das ist mittlerweile wohl der einzige Imperativ der Freizeit.

Noch ein Monat bis Weihnachten. Von hier oben kann ich den großen Kometen über der Hauptstraße des Dorfes mit all den Girlanden weißer Lämpchen davor und dahinter erkennen, die ihn mit anderen Sternen verbinden. Buntes Geflimmer schmückt auch die Häuser, Villen und Bauernhöfe. Tannen blinken im Dunkeln wie verrückt gewordene Ampeln neben mit Lichtern bekränzten Sträuchern, Rosenstöcken oder Apfelbäumen. Wer keine Bäume hat, hängt die Lichterketten an die Balustraden, Gitterzäune und Fensterbretter. Alles, was sonst in diskrete Dunkelheit gehüllt ist, funkelt in diesen Nächten und beleuchtet die ganze Umgebung.

Wenn die Nacht die Nachmittage zu verschlingen beginnt, entdeckt man auf einmal, dass man sich nach Licht sehnt, und so verwandeln sich Täler, Hügel und Felder in das Zeichen dieses Mangels. Immer erstaunlichere, grellere Lichter verwandeln die stille Atmosphäre des Winters in das fröhliche Bild einer Kirmes.

Was wird eigentlich gefeiert? Niemand weiß es mehr, niemand erinnert sich daran.

Mehr denn ein Fest scheint es eine Form von Widerstand zu sein. Man trotzt der Dunkelheit, man wehrt sich gegen die geheimnisvolle Nacht, die tief in jedem von uns herrscht, jene Finsternis, die uns früher oder später alle erwartet.

An Frühlings- und Sommertagen ist es leicht, dieses Gespenst zu verbannen. Alles leuchtet. Doch wenn sich die Sonne zurückzieht und sich die Dunkelheit mit ihren Eisfingern herabsenkt, wenn uns diese Finger streifen und an unsere Zerbrechlichkeit erinnern, wird alles schwieriger. Wir sind wie dünne Glaskugeln, der geringste Stoß genügt, damit wir zersplittern. Wie lange braucht es, bis diese Splitter sich wieder in schöne schillernde Kugeln verwandeln? Wir wissen es nicht, denn in unserer Zeit kann kein Bruchstück wieder Form werden. Also ist das Licht unsere Gesellschaft, unsere Freundin, unser Heilmittel. Daran halten wir uns, bis die Nachmittage schüchtern heller werden, bis die Vögel das winterliche Schweigen durchbrechen und die Luft mit Gezwitscher erfüllen, das schon von Liebesgeplänkel kündet.

3

Seit fünfzehn Jahren wohne ich nun hier oben. Bei einem Ausflug kam ich zufällig hier vorbei und habe mich in den Ort verliebt. Als ich ihn sah, dachte ich unwillkürlich, dass er auch dir gefallen hätte. Hier hätten wir Flüsse sein können, wie du wolltest, wir hätten auf der Wiese sitzen können mit all den Enkeln, die du dir vorgestellt hattest. Ein Überbleibsel dessen, was eine Schäferhütte gewesen sein musste, stand noch. Drei Steinmauern ohne Dach, rundherum Blech, Reste von Feuerstellen, verkohlte Bretter und ein paar leere Flaschen.

Wieder im Tal, habe ich mich nach dem Eigentümer erkundigt, es war ein alter Rentner, der es kaum glauben konnte, dass jemand diese entlegene Ruine kaufen wollte.

Das Haus zu restaurieren war kein leichtes Unternehmen. Nachdem der Kaufvertrag unterzeichnet war, erfasste mich ein Gefühl der Trostlosigkeit: Es war eher ein Haufen Steine als eine Wohnung; über heruntergestürzten Ziegeln und Wellblech wucherte

Brombeergestrüpp und dazwischen Brennnesseln. Als ich dann hineinging, hörte ich das unverwechselbare Zischen einer Viper, doch nun konnte ich nicht mehr zurück.

Während ich vorsichtig den Schutt wegräumte, wurde mir klar, dass, sobald der Mensch sein Haus verlässt, sehr rasch das, was sticht, verletzt und tötet, seinen Platz einnimmt.

Dornensträucher, Brennnesseln, Vipern.

Aus welchem Grund machen sich in Ruinen nicht Primeln und Klee breit? Warum nisten sich statt der Schlangen keine Häschen dort ein?

Wo der Mensch innehält, zeigt die Natur sofort ihr feindseligstes Gesicht - ob es sich nun um eine Ruine, eine Weide oder ein Feld handelt, was dort wächst und sich ausbreitet, trägt immer den Keim der Anmaßung in sich.

Die folgenden Jahre haben mir diese Erkenntnis bestätigt. Wenn du innehältst oder abgelenkt bist, rückt die Natur vor, erobert und verschlingt alles. Die Idylle, die du dir ausgemalt hast, solange du in deiner Stadtwohnung warst, verfliegt, sobald du begreifst, dass ihr wahres Gesicht nicht Wohlwollen, sondern Blindheit ist.

Innehalten, abgelenkt sein heißt untergehen.

Nachdem ich das Gestrüpp ausgerissen, die Brennnesseln abgemäht und die Viper verjagt hatte, kam ein befreundeter Architekt und half mir beim Aufbau. Im Morgengrauen erschien er mit seinem Pick-up und lud das Material ab. Ich schlief schon dort oben, in einem Zelt neben dem Haus. Er gab Anweisungen, und ich befolgte sie. Wir arbeiteten den ganzen Tag und sprachen wenig. Der romantische Traum, alles allein zu machen, hatte sich gleich bei meinen ersten Versuchen verflüchtigt, einen Stein auf den anderen zu setzen, ohne dass alles wieder einstürzte. Wie du genau weißt, war ich noch nie ein geschickter Handwerker, schon bei einem tropfenden Wasserhahn oder dem einfachsten mechanischen Problem fühle ich mich absolut überfordert.

Den Schafstall dagegen habe ich zu meiner größten Befriedigung tatsächlich alleine gebaut, Brett für Brett - manche etwas krummer, manche gerader -, und dann rundherum ein schönes Gehege eingezäunt, damit die Schafe auch an Wintertagen ins Freie können.

Nachdem der Schafstall fertig war, habe ich das Feld gerodet und das Dornengestrüpp auf der großen Weide am Waldrand beseitigt. Nach meinem Misserfolg als Maurer fürchtete ich, auch als Bauer zu scheitern. Ich war schon immer ein Stadtmensch, bin mit Büchern aufgewachsen und habe Menschen ärztlich behandelt, aber ich hätte nicht einmal gewusst, wie ich die Geranien, die meine Mutter auf dem Balkon zog, am Leben halten sollte. Nachts wurde mir ab und zu angst und bang. Wie sollte ich mich nur mit meiner Hände Arbeit durchbringen? Hatte ich das Ganze nicht doch in einem Augenblick von Wahnsinn und Hochmut entschieden?

Sobald ich aber den Spaten in die Hand nahm, wurde mir klar, dass alles schon auf geheimnisvolle Weise in mir schlummerte. Ich verstand es, auf die Erde zu hören – feucht, weniger feucht, trocken, lehmig – und sie je nach Notwendigkeit zu bearbeiten, ich verstand es, die winzige Stimme der Samen zu vernehmen und die geheime Verbindung zu spüren, die sie mit den Gestirnen verband. Ich wusste, wann der richtige Augenblick gekommen war, um sie in die Erde zu senken, und was die gerade aufgegangenen Pflänzchen brauchten – Wasser, Schutz vor Sonne oder Frost, einen aufmerksamen Blick, der genau erahnte, was ihnen schaden könnte.

Meine Mutter hast du kaum kennengelernt und stets nur durch den stumpfen Filter meiner kargen Schilderungen. Was meine Großeltern – ihre Eltern – betrifft, hast du sie, glaube ich, nur einmal gesehen, am Tag unserer hastigen Hochzeit. Sie saßen in der ersten Reihe, verlegen, gerührt, das Gesicht zerfurcht von zu viel Feldarbeit unter der Sonne.

Am Ende der Trauung, in einen längst zu engen Mantel gezwängt, hatte meine Großmutter mit ihren rauen Händen die deinen ergriffen und dich geküsst mit den Worten: »Gott segne dich, meine Tochter.« Ich erinnere mich noch an deinen Blick, überrascht, spöttisch. Diese Worte und diese Gestalt kamen dir wahrscheinlich vor, als wären sie einem Heimatroman entsprungen.

Den Hauptteil ihres Lebens hatten meine Großeltern als Halbpächter verbracht, später konnten sie den Hof kaufen und wurden selbstständige Kleinbauern. Auch meine Urgroßeltern waren Halbpächter gewesen. Meine Mutter war die Erste aus der Familie, die studierte. Sie hatte die Lehrerbildungsanstalt besucht, und ich denke, dass sie sich irgendwie für ihre Eltern schämte. Sie hatte keinerlei Sehnsucht nach dem Land, hasste die Fliegen, den Staub, die starken Gerüche. Die Wohnung so blitzblank zu halten wie ein Juwel war ihr das Wichtigste im Leben.

Wenn ich den Sommer bei den Großeltern verbrachte, blieb sie mit meinem Vater in der Stadt und kam nur am Sonntag. Die Großeltern waren eher still und kümmerten sich nicht weiter um mich. Mit Großmutters altem Fahrrad kurvte ich durch die Felder, mein Kinn reichte kaum bis an den Lenker. Unsicher radelte ich, ohne genau zu wissen, wohin. Ab und zu hielt ich an und legte mich ins Gras. Ganze Nachmittage verbrachte ich damit, die Wolken am Himmel ziehen zu sehen, Drachenwolken und Elefantenwolken, Dampferwolken und Pferdewolken, Schafwolken und Fragezeichenwolken.

Wenn ich es müde wurde, nach oben zu schauen, wandte ich den Blick ab und betrachtete die Wiese rundherum: Da gab es winzige Ameisen, die riesige Lasten schleppten; Heuhüpfer, die beim Springen unerwartet rote oder blaue Flügel zeigten; Maikäfer mit Chitinpanzer, die wie Smaragd glänzten; Hummeln, haarig wie kleine Bären, die genüsslich brummend in die Eibischblüten eintauchten.

Die Welt da unten war nicht weniger wunderbar als die Welt da oben, im Gegenteil. Denn beim Betrachten des Himmels musste ich meine Phantasie benutzen – ohne den Namen, den ich den Wolken gab, wären sie ja nur Zusammenballungen aus Dampf gewesen –, während das, was ich direkt vor meiner Nase sah, mich mit seiner Vielfalt und Komplexität immer wieder erstaunte.

Woher kamen die Ameisen, wer hatte sie erfunden? Wer hatte entschieden, dass die Ameisen Ameisen sein sollten?

Warum gab es außer Bienen auch Hummeln? Waren diese fetten Bienen wirklich nötig?

Wie war es möglich, dass die weißen, gedrungenen Würmer, die ich in der Erde fand, wenn ich mit einem Stöckchen grub, eines Tages herrliche Maikäfer wurden, die mit ausgebreiteten Flügeln ins Sonnenlicht schwirrten?

Wie brachten sie diese Verwandlung fertig? Der Großvater hatte mir das erzählt, aber konnte ich ihm glauben?

Und wenn die Würmer zu fliegenden Panzern werden konnten, zu was hätte ich dann werden können?

Verwandlung, war das das Gesetz der Welt?

Wenn ich dann das Gerippe eines toten Tieres mit nach Hause brachte, das ich auf meinen Streifzügen gefunden hatte, betrachtete der Großvater es und urteilte: »Das war der Marder ... das war das Wiesel ... das war der Falke ... das war der Fuchs.« Je nachdem, welcher Körperteil fehlte, wusste er, wer als Erster zugebissen, mit Schnabel oder Kralle zugepackt hatte; doch der erste Biss war nur der Trompetenstoß, der alle anderen zum Festmahl rief, denn wer getötet hatte, verzehrte nur einen Teil der Beute – nach ihm kam die endlose Schar der Mitesser, die Fliegenlarven, die Aaskäfer, die Springschwänze.

Welchen Sinn hatten unsere Tage, fragte ich mich, wenn das die Verwandlung war? Zu einem Festmahl? Zu Nahrung für zahllose Kostbarkeiten, das zahllosen winzigen Wesen ermöglichte, im Überfluss zu leben? Oder gab es, was uns betraf, noch eine andere Verwandlung?

Im Gemüsegarten zerquetschte der Großvater winzige gelbe Punkte auf den Kohlblättern; doch wenn ihm welche entgingen, verwandelten sich diese Pünktchen innerhalb weniger Tage in ein Gewimmel von Raupen, und noch eine Verwandlung später wurden daraus die Schmetterlinge.

Diese Pünktchen waren Schmetterlinge, bevor sie Schmetterlinge wurden.

Und ich, was war ich, wo war ich, bevor ich ich wurde?

Und mein Vater, meine Mutter und alle Menschen, die ich rund um mich sah?

Waren auch wir kleine Pünktchen gewesen und in Gefahr, zerquetscht zu werden?

Die Insekten – jedenfalls, soweit ich wusste – träumten allerdings nicht, dachten nicht, waren nicht fähig, sich die Zukunft auszumalen. Sie suchten sich Nahrung, jemanden zur Paarung, und das war alles. Die

Maikäfer ähnelten sich alle, keiner von ihnen hieß Mario oder Silvio, das Gleiche galt für die Hummeln, während ich anders war als mein Vater, so wie auch mein Vater sich von dem seinen unterschied und wie meine Kinder sich eines Tages von mir unterscheiden würden.

Woher kam dieser unsichtbare Teil?

War es wie ein Hemd, das wir bei der Geburt überstreiften, oder waren wir irgendwo und hatten das Hemd schon an, vielleicht alle miteinander in der Fragezeichenwolke? Und wenn die Aaskäfer und die Larven zu knabbern anfingen, wohin würden wir in unserem Hemd dann gehen?

Einmal hatte mein Vater mich zu einem Konzert mitgenommen. Bevor wir den Saal betraten, hatten wir unsere Mäntel bei einer jungen Frau abgegeben, die uns im Tausch eine Nummer ausgehändigt hatte.

War es so?

Gab man am Ende das Hemd bei jemandem ab, und es wurde kontrolliert, in welchem Zustand wir es zurückgaben? Einige waren voller Löcher, andere zerschlissen, verkommen und schmutzig, wieder andere noch perfekt gestärkt, als kämen sie soeben frisch aus dem Geschäft.

Musste man vielleicht eine Strafe bezahlen, so wie wenn man etwas kaputt macht, was einem nicht gehört?

Aber gehörte das Hemd überhaupt uns oder nicht?

Und wenn es uns gehörte, warum stand es uns dann nicht frei, damit zu machen, was wir wollten?

Diese Sommer, die ich mit Streifzügen durch die Felder verbrachte, ohne jemandem über meine Zeit Rechenschaft ablegen zu müssen, waren mein erster Freiraum zum Denken. In der Stadt musste ich in die Schule gehen, Hausaufgaben machen, meine Mutter zu schrecklich langweiligen Teegesellschaften mit ihren Freundinnen begleiten, mit meinem Vater zum Einkaufen gehen. Ich war immer erdrückt von Seinmüssen und Tunmüssen, sodass mir keine Zeit blieb, um mich gründlich mit den Fragen zu beschäftigen, die sich wie eine ungeduldige Menge in meinem Hirn drängten.

In dem Sommer, in dem ich neun Jahre alt wurde, hatte ich kurz vor meiner Rückkehr in die Stadt einen wunderschönen Schmetterling gefangen. Er hatte große Flügel, lange Schwänze und einen gelbschwarzen Leib mit ein paar roten Punkten. Triumphierend umschloss ich ihn mit den Fingern und lief in die Küche, um ihn den Großeltern zu zeigen. Wie tief war meine Enttäuschung, als ich entdeckte, dass der Zauber dieses Wesens an meinen Händen kleben geblieben war! Seine ganze Pracht war nur leuchtender Staub – jetzt wand sich vor meinen Augen ein kleines graues Insekt, das bald verenden würde. Ich brach in Tränen aus.

»Was ist passiert? Bist du hingefallen?«, fragte mich die Großmutter, ohne vom Herd aufzuschauen.

Ohne eine Antwort lief ich hastig hinaus. Jemand hatte mir einen Sporn ins Herz gerammt und drehte ihn auf der Suche nach der Stelle, an der es am meisten schmerzte.

Auch die Schönheit war nichts als flüchtiger Schein; sie ließ sich spielend leicht zerstören.

Am selben Tag beim Abendessen, während die Suppe in den Tellern dampfte, fragte ich den Großvater:

»Warum leben wir?«

Eine Weile sah er mich verblüfft an. Dann sagte er mit seiner tiefen Stimme – jener Stimme, die ich so selten vernahm:

»Um unsere Arbeit zu machen, um sie gut zu machen. Für das Vieh, für die Felder ...«

»Iss, bevor es kalt wird«, fügte die Großmutter sofort hinzu, und erneut herrschte Schweigen im Zimmer.

Durchs offene Fenster flogen die Nachtfalter herein. Es gab winzige und riesige, sie schwirrten herum wie verrückt, fielen in die Teller und versuchten, mit nassen Flügeln wieder abzuheben, sie tauchten in die Gläser, in den Wasserkrug, ertranken zappelnd in der Karaffe mit dem Wein. Ab und zu stürzte sich auch einer auf die Kerzenflamme.

Das Knistern dieses winzigen Scheiterhaufens schien mir in jenem Augenblick das einzig wahre Geräusch auf der Welt.

4

Manchmal habe ich unwillkürlich gedacht, dass es wohl die besondere Situation mit unseren Vätern war, die uns von Anfang an so stark verband. Meiner sehbehindert – damals sagte man einfach blind – und deiner abwesend, oder besser, auf ein Kürzel reduziert. Das gehörte zu den ersten Dingen, die du mir während unserer Annäherungsgespräche gesagt hast. Du hattest mir gerade erzählt, dass deine Mutter Lehrerin sei. »Und dein Vater?«, habe ich dich ganz arglos gefragt.

»UB«, hast du in leicht aggressivem Ton erwidert. »Unbekannt. Ändert das was?«

»Nein, nichts.«

»Na dann«, hast du hinzugesetzt, »erwähne ihn bitte von jetzt an nie mehr.«

Am nächsten Tag habe ich dir vorsichtig von der Blindheit meines Vaters erzählt und davon, wie sich unsere Beziehung in den letzten Jahre stetig verschlechtert hatte.

Während du mit einer Abwesenheit zurechtkommen musstest, musste ich mit einer übergroßen Präsenz fertig werden.

Zwei Grundgeräusche begleiteten meine Kindheit: das Rattern des Pedals der Nähmaschine meiner Mutter und das Klopfen des Stocks meines Vaters. Häufig überlagerten sie sich – *tack tack tack, tick tick tick, tack tack tack, tick tick tick* –, gelegentlich übertönt vom unheimlichen Tuten eines Schiffes, das aus dem Hafen von Ancona auslief.

Natürlich hätte mein Vater zu Hause sehr gut ohne Stock herumlaufen können, die Wohnung war klein, und die Möbel standen immer an derselben Stelle, doch da er ein schweigsamer Mann war, benutzte er dieses Geräusch, damit wir immer wussten, wo er war und was er tat.

Was diese Wohnung in Ancona betrifft, erinnere ich mich noch an den Tisch aus blauem Resopal in der Küche, den Stolz meiner Mutter. »Er ist aus Resopal«, sagte sie immer wieder zu den Nachbarinnen, die zu Besuch kamen, und zählte ihnen die Tugenden und Vorzüge des Materials auf. Neben dem Resopal gab es noch einen weiteren Helden im Haus: Moplen. Ich sehe noch vor mir, wie meine Mutter stolz auf dem Balkon eine blaue Schüssel schwenkt und ausruft: »Sie ist aus Moplen!«, um die Bewunderung der Nachbarinnen von gegenüber zu erregen.

Der Kunststoff – Bannerträger der Modernität – hatte unser Leben im Sturm erobert. Kurz zuvor war auch der Fernseher angekommen, erst im einen Haus, dann im anderen und noch einem und noch einem, bis er im Lauf weniger Jahre zu einem unverzichtbaren Mitglied der Familie wurde. Erst konnten wir uns keinen eigenen Apparat leisten, und später, als wir es gekonnt hätten, beschloss meine Mutter, aus Rücksicht auf meinen Vater lieber keinen anzuschaffen.

»Was ist dieses Fernsehen, von dem alle reden?«, fragte mein Vater eines Tages bei Tisch. »Die Leute drängeln sich in der Bar, um fernzusehen, und der Ton ist so laut, dass man ihn in der ganzen Straße hört.«

»Es ist wie ein Radio«, erwiderte meine Mutter, während sie das Huhn zerlegte, »aber viel größer und mit einer Glasscheibe davor. Sieht aus wie ein Aquarium, innen drin sind Menschen, die sprechen und sich bewegen.«

»Wie im Käfig?«

»In gewissem Sinne, ja.«

»Was für eine Dummheit! Wäre es nicht besser, sie frei herumlaufen zu sehen? Und was bringt sie überhaupt dazu, sich da drinnen einzusperren?«

»Man sieht auch Cowboys«, hatte ich schüchtern, beinahe flüsternd eingeworfen, doch niemand hatte auf mich gehört.

Weil die Vorstellung von uns beiden vor dem Bildschirm, während er unruhig durch die Wohnung wanderte, sie verlegen machte oder vielleicht weil sie voll Schrecken überlegte, dass er alle paar Minuten fragen könnte: »Was passiert jetzt?«, verzichtete meine Mutter auf diesen Fetisch, den die meisten ihrer Bekannten längst ihr Eigen nannten.

Wir hatten ein Radio, das musste genügen. Jeden Abend versammelten wir uns in andächtigem Schweigen im Wohnzimmer vor dem Apparat, um die Nachrichten zu hören, und später, nach dem Essen, lauschten wir einem Hörspiel oder einem klassischen Konzert. »Hör zu!«, sagte mein Vater zu mir. »Hör zu, damit du dich bildest!«

An manchen Abenden jedoch zogen wir uns mit der Ausrede, ich müsse unter Aufsicht meiner Mutter noch Hausaufgaben machen, in mein Kinderzimmer zurück und ließen ihn in der Küche allein. Mithilfe von Gläsern, die uns als Verstärker dienten, pressten wir die Ohren an die Wand, um am Fernseher der Nachbarn die damals beliebtesten Sendungen mitzuhören: *Il Musichiere*, ein musikalisches Quiz, und *Alles oder nichts*. Ich wiederholte dieses Ritual auch allein, am Nachmittag, sobald ich die fröhliche Erkennungsmelodie der *Kindersendung* vernahm.

Diese Ellbogen an Ellbogen verbrachten Nachmittage, die Sprache aus Blicken und Zeichen, die wir erfunden hatten, um unser Geheimnis zu hüten, sind mir als seltene – wenn nicht gar einzige – Momente zärtlicher Zuneigung zwischen mir und meiner Mutter in Erinnerung geblieben.

Dass unsere Familie nicht wie jede andere war, bemerkte ich erst mit sechs Jahren, als ich in die Schule kam. Bis dahin hatte ich geglaubt, dass alle Väter ihre Kinder andonnerten: »Hör zu!«, während die Mütter sich geschäftig der Hausarbeit widmeten. Die Väter hörten und die Mütter sahen. Auf dieses Gleichgewicht stützte sich die Welt.

Mein Vater war nicht blind geboren worden, er erblindete mit vierzehn Jahren durch einen Bombensplitter. Dieselbe Bombe hatte seine geliebte Schwester getötet, und ihr zerfetzter Körper war das letzte Bild, das sich der Netzhaut des Jungen eingeprägt hatte.

Seit Generationen lebte seine Familie in Zara, die Großmutter war Tochter kleiner Grundbesitzer, und der Großvater war Landarzt. Als die Bombenangriffe begannen, war sein Vater, mein Großvater, schon von den Partisanen getötet worden, deshalb war die Familie vom Land in die Stadt gezogen. Den rauchenden Trümmern entkommen, waren sie vom Roten Kreuz versorgt und dann nach Italien eingeschifft worden. Zu der Zeit gab es keine Psychologen, Psychopharmaka, Unterstützungseinrichtungen, die einem Menschen halfen; was dir widerfuhr, betraf nur dich selbst – es war dein Schicksal, und damit musstest du dich auseinandersetzen.

»Heutzutage könntest du eine Transplantation machen lassen«, hatte ihm jemand vorgeschlagen, in den letzten Jahren seines Lebens. »Zwei neue Augen, um die Welt zu sehen …«, er aber hatte ärgerlich mit der Hand vor seinem Gesicht gewedelt, als wollte er eine Fliege verjagen.

»Alles hat seinen Grund.«

Dies war einer der Sätze, die er ständig wiederholte.

Als ich größer wurde, versuchte ich zu verstehen, was in seinem Kopf, in seinem Herzen vorgegangen sein mochte – was es bedeutete, das Haus, die liebsten Angehörigen, die Welt, die man kannte, zu verlieren und in dem Wissen in Dunkelheit zu versinken, dass sie ein Gefängnis sein würde, aus dem es kein Entrinnen gab. War die Dunkelheit unmittelbar und total gewesen, fragte ich mich, ein Tintenschwamm, der brutal jeden Ort des Gedächtnisses auslöschte, oder waren für ihn die Farben, die Gesichter, die Landschaften weiterhin so gegenwärtig, als könne er sie noch sehen?

Und ließen sie sich, falls sie noch da waren, bewahren, oder würden sie – wie vom Licht angegriffene alte Polaroidbilder – von der Finsternis zernagt, die um sie herumtanzte?

Und was hieß es zu wissen, dass das Gesicht der eigenen Mutter, des eigenen Vaters, die Farben der windbewegten Kornfelder dabei waren, für immer zu verschwinden?

Wo sie wiederfinden? Wie innehalten? Wie sich verankern?

Das alles fragte ich mich oft, hatte aber nie den Mut, ihn selbst danach zu fragen. Ebenso, wie ich ihn nie über sein Leben davor befragt habe, als er ein Junge war wie alle anderen und nicht der, bei dessen Anblick die Leute flüsterten: »Der Ärmste.«

Er und seine Mutter waren dann nach Ancona umgezogen, und dort war es ihm mit großer Ausdauer gelungen, das Gymnasium zu beenden. Er hätte danach gern Jura studiert, doch die finanzielle Situation hatte es ihm, zusammen mit seiner Behinderung, verwehrt, diesen Traum zu verwirklichen. So war er als Telefonist bei der Stadtverwaltung eingestellt worden und hatte nach einem Jahr an einer Bushaltestelle meine Mutter kennengelernt.

»Welcher Bus kommt da?«

»Der Fünfzehner!«, antwortete eine Stimme neben ihm.

Meinem Vater gefiel diese Stimme sehr, deshalb reichte er ihr den Arm:

»Wären Sie so freundlich, mich zu führen?«

Linkisch und verlegen half meine Mutter ihm, in den Bus zu steigen. Beim Aussteigen bot sie ihm dann an, ihn nach Hause zu begleiten.

Am folgenden Sonntag gingen sie in Numana spazieren. Vor dem offenen Meer breitete mein Vater die Arme aus. »Ah, jetzt rieche ich wirklich die Heimat!«

Mit Heimat meinte er natürlich Zara und das Land auf der anderen Seite des Meeres. Im von der Maisonne warmen Sand sitzend, erzählte er ihr dann – zum ersten und einzigen Mal – von seiner Kindheit, und zwei Wochen später hielt er um ihre Hand an. »Ja«, lautete die Antwort meiner Mutter, nach kurzem Zögern.

Mein Vater war ein gut aussehender Mann, groß, kräftig, mit ausgeprägten, regelmäßigen Gesichtszügen, während man von meiner Mutter alles sagen konnte, außer dass sie hübsch war – sie war ein klassisches Mauerblümchen. Sogar ihr Name, Gina, war banal, und ihr Gesicht war von Aknenarben verunstaltet.

Einmal, auf einer Silvesterfeier, auf der er ein wenig zu tief ins Glas geschaut hatte, war mein Vater auf ihre erste Begegnung vor all den Jahren zurückgekommen.

»So ist es! Kaum vernahm ich aus ihrem Mund, welcher Bus da kam – der Fünfzehner –, habe ich begriffen, dass sie ein Leckerbissen war, den ich mir nicht entgehen lassen durfte!«

Meine Mutter war errötet, und um ihre Verlegenheit zu verbergen, hatte sie sich die Lippen mit der Serviette abgewischt.

In den Jahren der Pubertät – wenn alles Abscheu weckt – habe ich mich oft meiner Eltern geschämt und ihnen ebenso viele unausgesprochene wie ausgesprochene Vorwürfe gemacht. Sie hat ihn aus Mitleid geheiratet, sagte ich mir, um eine warme Wohnung und Schüsseln aus Moplen zu haben, und er hat es nur getan, um ein Dienstmädchen zu bekommen, das er nicht bezahlen muss. Im Wahn dieses Alters war ich überzeugt, dass ich das Kind einer reinen Vernunftehe sei und dass die Umarmung, aus der ich entstand, nichts weiter gewesen sei als die triste Erfüllung eines Vertrags. Erst bei jenem Silvesterfest – einem ihrer letzten – wurde mir das Geschenk zuteil, die Beschränktheit meines Denkens zu erkennen. Ich war ein Kind der Liebe und hatte es bisher einfach nicht gemerkt.

5

Im Winter ziehen sich die Tage hier in der Gegend hin, es kommt kaum jemand vorbei. Ich besitze ein kleines Radio, das mit Solarzellen funktioniert. Eine Frau, die voriges Jahr hier angehalten und mit mir geredet hat, hat es mir geschenkt. Ich empfand keinerlei Bedürfnis danach, doch ein Geschenk abzulehnen ist sehr taktlos, und so stand der kleine schwarze Kasten dann monatelang in meinem Küchenregal.

In diesem Herbst, nach endlosen Regentagen, habe ich es schließlich eingeschaltet. Der erste Eindruck war der einer Verletzung: Zwei Moderatoren redeten aufgeregt über lauter Dummheiten. Beim ersten Musikbeitrag habe ich den Sender gewechselt, doch es hat mir nicht viel genutzt, daher habe ich das Radio nach ein paar weiteren Versuchen wieder abgestellt. Mir war, als hätte mich jemand bei den Schultern gepackt und heftig geschüttelt. Alle meine Gedanken, all meine Energie waren durcheinander.

Ich musste eine ganze Weile atmen und dem vertrauenerweckenden Ticken der Uhr an der Wand lauschen, um mich zu beruhigen. Der Atem, das Knistern des Feuers, die Regelmäßigkeit der Zeit. Nach ein paar Minuten kam ich wieder zu mir.

An den folgenden Tagen habe ich gelernt, es zu zähmen. Jetzt weiß ich, um wie viel Uhr ich es einschalten muss und auf welchem Sender, damit ich nicht von dieser erschütternden Aufregung überrollt werde, sondern höre, was in der Welt passiert. Nicht immer, nicht jeden Tag – nur, wenn mein Herz stark genug ist, den Schmerz aufzunehmen.

Oft habe ich mich gefragt, ob die Einsamkeit die Sensibilität erhöht oder ob man die Einsamkeit wählt, weil man zu sensibel ist.

Bisher habe ich keine Antwort gefunden.

Als Kind weinte ich sehr rasch.

Ich weinte nicht aus Unzufriedenheit, aus Trotz. Ich weinte, weil ich den Schmerz sah und mich nicht damit abfinden konnte.

Ich weinte, wenn ich einen Bettler sah, eine krummbeinige Alte, die wackelig am Stock ging, Schluchzen schüttelte mich beim Anblick eines sterbenden, von Fliegen gequälten Kätzchens. Ich weinte, und dieses Weinen war etwas Verborgenes, ich schämte mich für diese übergroße Sensibilität. Ich blickte mich um und sah, dass sonst niemand weinte, und da empfand ich außer Scham auch eine ungeheure Einsamkeit. Die anderen schienen das, was ich sah, nicht zu bemerken, ihr Blick hielt bei der Form inne – der Arme, die Alte, die sterbende Katze. Die hinter diesen Wesen verborgene Frage schien sie nicht zu berühren.

»Was willst du, Gina«, hatte ich einmal bei einem Besuch eine frühere Kollegin meiner Mutter sagen hören, »bei so einem Vater ist es normal, dass der Kleine nicht ist wie alle anderen, ich habe schon häufig Kinder gesehen, die so sind ...«

»So, wie?«

»Verletzlich. Zerbrechlich, zu zerbrechlich.«

Zerbrechlich!

Bisher hatte ich dieses Wort nur mit den Kartons in Verbindung gebracht, die leicht zu Bruch gehende Gegenstände enthielten. Nie hatte ich mir vorgestellt, dass zwischen mir und dem Glas irgendeine Verbindung bestehen könnte, dass auch ich sein könnte wie ein Kronleuchter aus Muranoglas oder ein Kristallkelch – also etwas, das in tausend Stücke zerspringen konnte.

War ich wirklich zerbrechlich?

Ja.

Kam diese Zerbrechlichkeit wirklich von meinem Vater?

Darauf habe ich nie eine Antwort gefunden.

Mein Vater war ein starker, rechtschaffener Mann. Wäre er nicht durch die Blindheit eingeschränkt gewesen, hätte er buchstäblich die Welt aus den Angeln gehoben. Nicht er als Person, sondern seine Lage hatte mich dazu gedrängt, eine ausgeprägtere Sensibilität zu entwickeln – seine Lage und seine Vergangenheit.

Der gewaltsame Tod seines Vaters und seiner Schwester, der Verlust aller Dinge und die Blindheit hatten vielleicht eine Spur in seiner DNA hinterlassen, und diese – eine Spur der Verwüstung – war auf mich übergegangen; denn nicht nur die Augenfarbe oder die Form der Nase werden von den Eltern an ein Kind weitergegeben, sondern wahrscheinlich auch der ganze Schmerz, der Wahnsinn und die Zerstörung, die die vorherigen Generationen erlebt haben. Was mich betrifft, so könnte ich sagen, dass ich grüne Augen und die große, gerade Nase meines Großvaters habe und dass in mir auch ein Gutteil der Gräuel des zwanzigsten Jahrhunderts schlummert.

Doch abgesehen von dem genetischen Erbe hat wahrscheinlich auch das Zusammenleben mit ihm eine Rolle gespielt, zuhören zu lernen, Dinge zu riechen, Sachen, die die anderen Kinder nicht konnten. Wenn wir zu den Großeltern aufs Land fuhren, gingen wir im Wald spazieren, und er sagte: »Riechst du es, Matteo? Vor Kurzem ist ein Fuchs vorbeigekommen …«, oder »Vorsicht, nicht weit von hier gibt es Wildschweine, die Frischlinge haben …«

Ja, wenn wir zusammen waren, glichen wir zwei Hunden, wir schnupperten, lauschten. Er war der Rudelführer und ich sein Welpe. Er lehrte, und ich lernte. So kam zu meiner Zerbrechlichkeit vermutlich auch dies – sich nicht vom Äußeren täuschen zu lassen. Sehen verführt durch seinen Anschein von Gewissheit. Du siehst etwas und bist überzeugt, das sei die alleinige Realität, du fragst dich nicht, gehst nicht weiter, weil du dich mit dem begnügst, was du siehst.

»Wer sieht, sieht nichts«, wiederholte mein Vater oft.

Als Kind dachte ich, das wäre nur ein Scherz, doch später habe ich verstanden, dass mein Vater es keineswegs lustig meinte. Er sah Dinge, die niemand sonst sehen konnte. Er schnupperte, lauschte, berührte. Wo andere getäuscht wurden, sah er die Wahrheit. Ihm gegenüber konnte man weder heucheln noch lügen. Es war nicht möglich, anders zu sein, als man war.

Manchmal, wenn ich allein durch den Wald gehe – und der Wald ist der Herbstwald, wo die gekrümmten Finger der kahlen Zweige nach einem fassen –, fällt mir das Märchen vom Däumling wieder ein. Obwohl ich Märchen eigentlich hasste – mir graute vor Menschenfressern, Hexen und Wölfen –, las meine Mutter mir häufig welche vor, ich glaube, sie war überzeugt, das gehöre zu ihren Pflichten als Mutter. Erinnerst du dich an die Geschichte? Däumling wird weit weg von zu Hause von seinen Eltern ausgesetzt, doch er will wieder heim, deshalb streut er unterwegs heimlich weiße Kieselsteinchen. Und genau diese Kiesel führen ihn dann zurück nach Haus.

Oft frage ich mich, während der Schnee unter den Sohlen meiner Stiefel knirscht, wo meine Steinchen sind. Wo ist die Spur, die mich aus der bescheidenen Wohnung in Ancona hierhergeführt hat, um allein im Gebirge zu leben? Es ist keine lineare Spur, und vielleicht ist sie nicht einmal immer sichtbar. Wenn ich ihr nachgehen wollte, um zurückzukehren, würde ich mich wahrscheinlich mehrmals verirren. Warum habe ich mich im Lauf meiner Tage so häufig verirrt? Ging ich vorwärts, oder drehte ich mich vielmehr im Kreis, verwickelte mich, rollte mich ein? Und wer bestimmte den Weg, auf dem ich die Kiesel fallen ließ? Bestimmte wirklich ich ihn, wovon ich ja bei meinem Aufbruch überzeugt war, oder spielte außer mir, über mir oder neben mir noch jemand mit?

Hat der uns zusammengeführt?

Oder das Schicksal?

Ein Stück weit fielen unsere Kiesel regelmäßig nebeneinander. Ich machte einen Schritt, und du machtest einen in der gleichen Länge. Ich wartete auf dich, und du holtest mich ein, ich holte dich ein, und du wartetest auf mich. Wir waren überzeugt, dass wir für immer so weitermachen würden. Stattdessen gehe ich jetzt durch den Wald und hinterlasse eine einsame Spur. Niemand geht neben mir, niemand folgt mir oder läuft vor mir her. Eine Schere hat die Fäden durchschnitten, die uns einten.

6

Wer weiß, ob es uns nicht seit dem Augenblick, in dem wir auf die Welt kamen, bestimmt war, einander zu begegnen. Mit wenigen Monaten Abstand – du im Hochsommer, ich mitten im Winter – im selben Krankenhaus geboren, sind wir nur wenige Bushaltestellen voneinander entfernt aufgewachsen, vielleicht haben wir sogar am selben Geländelauf teilgenommen, und dennoch waren wir uns bis achtzehn völlig fremd.

Was wäre geschehen, wenn wir uns an jenem Tag nicht in jener Versammlung nebeneinandergesetzt hätten, wenn du nicht irgendwann geseufzt hättest: »Ist das langweilig!«, und ich dir nicht zugeflüstert hätte: »Finde ich auch«?

Es war ein eisiger Tag, die Tramontana wehte, und aus unseren Mündern kamen Atemwölkchen. Wir gingen in eine Bar, und ich lud dich zu einem Cappuccino mit Croissant ein. Du sprachst hitzig und staunend. In allem, was du sagtest, lag Wärme. Ich hörte versunken zu, noch mehr vom Licht deiner Augen hingerissen als von deinen Worten.

Hinterher brachte ich dich zum Bus, und beim Einsteigen, während die Türen sich schon schlossen, drehtest du dich um: »Ich heiße Nora.«

»Matteo!«, rief ich hastig, doch ich fürchte, dass du nur die Bewegung meiner Lippen sehen konntest, wie bei einem Fisch.

Was wäre passiert, wenn ich an jenem Tag nicht zu der Versammlung gegangen wäre, wenn du nicht gekommen wärst, wenn du dich woanders hingesetzt hättest? Hätte ich dich dann an einem anderen Ort getroffen, einen Monat später, ein Jahr später? Waren unsere Namen, unsere Schicksale sowieso schon durch einen unauflöslichen Knoten verbunden, oder waren wir austauschbar? Hättest du einen Giuseppe oder einen Luca getroffen und ich eine Giovanna oder eine Maria, die hinter der nächsten Ecke auf mich wartete? Wären wir glücklich, unglücklich, durchschnittlich unglücklich gewesen und hätten andere Wohnungen, andere Kinder, andere Schwiegereltern gehabt?

Ich weiß es nicht.

Ich weiß nur eines: Von dem Augenblick an, in dem du dort in der Bar losgelacht hast: »Jetzt sehe ich aus wie ein Schneemann«, weil du dir mit dem Atem den Puderzucker auf dem Croissant übers ganze Gesicht gestäubt hattest, hat sich tief in mir etwas verändert. Es war nicht das Herz, es war nicht der Verstand. Ein neuer Raum war in mir entstanden, den es davor nicht gab. In diesem Raum war eine Leere. Eine unruhige Leere, die nach einem Menschen dürstete.

Und dieser Mensch warst du.

Vielleicht unterscheidet sich das Gesetz der Liebe nicht sehr von dem der Meteorologie. So, wie die Luft stets dazu neigt, sich von einem Hochdruckgebiet in ein Tiefdruckgebiet zu bewegen, entsteht plötzlich in uns diese Leere. Und diese Leere erzeugt Wind. Einen leichten Wind, wenn der Druckunterschied gering ist. Einen Orkan, wenn der Sprung dagegen hoch ist.

Als der Bus am Ende der Straße verschwand, begriff ich, dass nichts mehr sein würde wie vorher. Dein Name war in mir, hallte in dem leeren Raum wider, und dieser innerlich zwanghaft ausgesprochene Name unterschied sich kaum von den Lockrufen der Jäger. *Noranoranora*, wiederholte ich den ganzen Tag. *Noranoranora* war das Mantra, mit dem ich deine Gegenwart beschwören wollte.

»Ist das Liebe?«, fragte ich mich, während ich durch die Straßen ging. Dieses sich plötzlich leicht und schwer zugleich fühlen? Wenn ich an deine Augen dachte, an deine Lippen, daran, wie ich sie küssen würde, fühlte ich mich leicht und euphorisch. Kam mir aber der Zweifel, dass ich es vielleicht nie tun würde, fühlte ich mich tonnenschwer.

Wer sagte mir denn, dass du nicht längst vergeben warst?

Du warst schön, attraktiv, leuchtetest förmlich. Verehrer mussten dich umschwärmen wie Bienen die Lavendelblüten.

Und selbst falls du noch frei warst, wer garantierte mir schon, dass du mich wahrnehmen würdest, dass ich nicht für immer einer unter vielen bleiben würde? Ich hielt mich seit jeher für einen eher farblosen Typen. Ich hatte zwar meine Welt, meine Gedanken, aber in diesen Gedanken war keine Phantasie, nichts Außergewöhnliches, das dich hätte interessieren können. Ich tat mich in keinem Sport hervor, hegte keine politische Leidenschaft. Ich dachte in jenen Jahren weniger daran, Revolution zu machen, sondern meine Hauptsorge war, die Traurigkeit zu überleben, die meine Eltern in mir weckten. Ich wollte erwachsen werden, frei sein, tausend Meilen weit weg flüchten, weg von dieser Wohnung, die blitzte wie ein Schmuckkästchen, von den Mittag- und Abendessen, von den Sonntagen, die keinen Raum boten für meine Unruhe.

Mein Vater begann sich zu verändern, als ich etwa zwölf Jahre alt war. Es war, als würde sein bis zu diesem Augenblick sonniges Gemüt allmählich ermatten, sich zurückziehen. Die Welt, in der er zu leben gezwungen war, die Langeweile bei der Arbeit, die ihn nicht befriedigte, der Mangel an Freunden, der Verdacht, dass die Menschen rundherum seine Behinderung stärker wahrnahmen als er selbst, ließen ihn nach und nach in ein wüstes Land abdriften, wo niemand ihn erreichen konnte.

Er verbrachte immer mehr Zeit allein. Mehrmals sah ich ihn nach der Arbeit mit schwermütigem Gesicht auf einer Bank im Passetto-Park sitzen, den weißschwarzen Stock zwischen den Beinen. Ich hatte nie den Mut, ihn anzusprechen, ihm zu sagen, dass ich da war.

Einmal hatte er mir erzählt, als Kind sei es sein Traum gewesen, zur See zu fahren. Er wollte die Kadettenschule besuchen und Kapitän werden, denn nichts liebte er mehr als das Meer. Im Sommer stellte er sich einen Stuhl auf den Küchenbalkon und saß stundenlang da, um zuzuhören, wie die Schiffe im Hafen aus- und einliefen. »Das ist ein Tanker, nicht wahr?« Er bat mich, ihn zu beschreiben – welche Farbe, wie er hieß, auf welcher Höhe die Wasserlinie war, ob er also leer oder beladen war.

Wenn dagegen die Fähre der Adriatica Navigazione ankam, fragte er mich nur nach der Uhrzeit. Hatte sie Verspätung? War sie pünktlich? Vielleicht war das Meer aufgewühlt gewesen. Die Adria kann furchtbare Stürme entfesseln, obwohl sie fast ein See ist. Oder vielleicht gerade deswegen, weil alle Kraft der Strömungen von den Ufern eingeengt wird. Auf dem Balkon lauschte er den Möwen mit ihren unterschiedlichen Schreien; und wenn sich zufällig eine Seeschwalbe zu ihnen gesellte, hob er sofort den Zeigefinger: »Hast du gehört, Matteo? Da ist jemand dazugekommen.«

Er lebte nun praktisch ganz auf dem Meer und dem Festland, das sich gleich hinter dem Horizont verbarg, er dachte an sein Zuhause, an die Orte und seine Lieben, die ihm so grausam entrissen worden waren. Die kurze Öffnung zum Leben, die meine Geburt für ihn bedeutet hatte – es gab ein Menschenjunges, das großgezogen und unterrichtet werden musste, und dieses Junge war ein Teil seiner selbst –, war zu Ende.

Ich ging inzwischen eigene Wege, wurde allmählich unabhängig, entwickelte meine eigenen Zeiten und meinen Rhythmus und wünschte, dass man das respektierte. Im ahnungslosen Überschwang meiner vierzehn Jahre bemerkte ich das Leiden meines Vaters nicht. Er bedrängte mich stundenlang mit Geschichten über das Leben auf dem Land, wie er während der Weinlese beim Traubenstampfen geholfen hatte und wie einzigartig die Kirschen waren, die in jener Gegend geerntet wurden – »*marasche*«, nannte er sie –, genau die Kirschen, aus denen der weltberühmte Maraschino hergestellt wurde. Er erzählte mir, wie er mit der Angelrute an der Seepromenade fischen gegangen war, und davon, dass für seinen Vater – den Arzt – die Arbeit eine Mission war und dass seine Schwester Gesang studierte und schon mit vierzehn Jahren eine engelsgleiche Stimme gehabt hatte.

Sobald er wieder damit anfing, begann meine Mutter, den Tisch abzuräumen, und ich versuchte schüchtern einzuwenden: »Ich muss Hausaufgaben machen«, doch es nutzte alles nichts, er erwiderte sofort: »Dazu hast du noch den ganzen Nachmittag Zeit!« Stillschweigend zu verschwinden war undenkbar; sobald ich mich auf dem Stuhl einen Millimeter bewegte, sagte mein Vater: »Was machst du? Wohin gehst du?«

Damals – ich ging in die vierte Klasse des Gymnasiums – spielte er mit dem Gedanken, sich einen Hund zuzulegen. Der Blindenverband hatte ihm ein bereits ausgebildetes Tier angeboten, eine Deutsche Schäferhündin. Er wusste auch schon den Namen: Laika. Eines Tages war er triumphierend mit zwei Näpfen in der Hand heimgekommen, einem für Wasser und einem für Futter.

Meine Mutter blieb unbeugsam. »Einen Hund? Niemals. Du brauchst keinen Hund, außerdem ist die Wohnung viel zu klein, er brächte nur Dreck und Gestank herein. Und findest du das etwa schön? Mit einem Hund mit Blindenabzeichen auf der Straße herumzulaufen? Die Leute würden sagen: ›Wozu hat er eigentlich eine Frau?‹ Wenn du irgendwo hinwillst, fragst du mich, und ich bringe dich hin.«

Mein Vater machte einen schwachen Versuch, Widerstand zu leisten, dann verzichtete er auf den Hund und verschloss sich in sein Schweigen.

Aus wie viel Schmerz besteht unser Leben?

Aus wie viel vermeidlichem Schmerz?

Manchmal denke ich, dass wir im Augenblick des Todes nicht unser ganzes Leben vorbeiziehen sehen, wie es immer heißt, sondern nur einen kleinen Teil – die verweigerten Liebesbeweise, die unterbliebene Zärtlichkeit, das nicht gezeigte Verständnis, das ewige, sinnlose Schmollen, die Sturheit, die nur von sich selber zehrt.

In den letzten Augenblicken ihres Lebens, dessen

bin ich mir sicher, hätte meine Mutter meinem Vater gern einen ganzen Zwinger voller Hunde geschenkt, aber zu spät.

Zu spät.

Erst wenn wir älter werden, erkennen wir die Schwere mancher Worte, und alles, was wir versäumt haben – ob nun aus Oberflächlichkeit, aus Egoismus oder aus Eile –, beginnt unser Herz zu beschweren, aber der Augenblick ist vergangen und kehrt nicht zurück.

Ich hätte mich auf die Seite meines Vaters stellen und ihm helfen können, einen Hund zu bekommen, ich hätte mehr Zeit mit ihm und seinen Geschichten verbringen können; anstatt ungeduldig zu schnaufen, hätte ich Fragen stellen können, hätte mich für einen Augenblick in ihn hineinversetzen können, anstatt mich nur um mich selbst zu drehen.

Aus sich selbst herausgehen. Liegt nicht darin das Geheimnis, um dem »zu spät« zu entgehen? Doch wenn man es begreift, ist das Leben leider schon zu weit fortgeschritten.

Zu weit.

Zu spät.

Zu viel Bitterkeit.

Zu viel Schmerz.

Zu viel vermeidbarer Schmerz.

7

Mit der Zeit habe ich gelernt, die Menschen schon am Schritt zu erkennen. Kaum tauchen sie am Rand der Wiese auf, ahne ich, wie viel Ballast sie mit sich herumtragen. Natürlich hilft es mir, dass ich so lange Arzt gewesen bin. Bei jedem Menschen sehe ich die Anamnese voraus – was bisher stattgefunden hat und was noch folgen könnte –, doch hier oben ist noch etwas hinzugekommen. Die langen Monate der Einsamkeit, die stillen Nächte, die Naturgeräusche als einzige Gesellschaft haben in mir eine andere Form der Wahrnehmung geschärft.

Wenn ich mir das Unglück der Menschen anhöre, die mich aufsuchen und mit mir sprechen, frage ich mich oft, ob dir die heutige Welt gefallen hätte – diese Welt, die immer in Eile ist, voller überflüssiger Dinge, gefangen in einer Vulgarität, die jeden Atemzug verpestet. Das Erste, was dich irritiert hätte, wäre zweifellos der Lärm gewesen, da bin ich mir sicher. Unter allen Formen von Gewalt ist diese am subtilsten, am verheerendsten.

Erinnerst du dich, wie du davon sprachst, dass man Kindern das Zuhören beibringen muss? »Wenn du ihnen beibringst zuzuhören, gibst du ihnen einen Halt. Wenn die Ohren unaufmerksam sind, weht es sie beim ersten Windhauch davon. Die Stille, die alle so sehr fürchten, gibt es in Wirklichkeit gar nicht, jeder Ort hat seine Stimme«, pflegtest du zu sagen. »Man muss nur lernen zuzuhören.«

Die Kinder waren deine Leidenschaft. Da muss man anfangen, um die Welt zu verändern, wiederholtest du immer. Mir kamen die Bücher, die du lasest, damals überspannt vor. Ich erinnere mich an eines über Schwangerschaft. Mir genügte schon, was ich aus den medizinischen Texten lernte, aber du bestandest darauf, dass, was ich lernte, nur die äußere Schale sei, unter der sich alles wirklich Wichtige verberge. Jenem Text zufolge musste man im Wasser gebären. Wenn ich einwandte, dass selbst die Seehunde dazu an Land gingen, fingst du an zu lachen. »Die Seehunde schreiben ja auch keine *Göttliche Komödie*! Hast du dich nie gefragt, warum du du bist und ich ich? Das passiert alles da drin, in diesen Monaten. Die Kinder suchen sich die Eltern, die sie zum Aufwachsen brauchen.«

Ich sprach von Physiologie, von Genetik, und du sprachst von Dingen, die auf keine Weise messbar waren. Viele deiner Überlegungen hielt ich für reine Ausgeburten deiner blühenden Phantasie. Stets musstest du aus der Realität etwas Außergewöhnliches machen, und ich konnte dir nicht immer folgen.

Nur ein Mal haben wir uns ernsthaft gestritten, weißt du noch? Du warst einige Tage zu deiner Mutter gefahren, und ich hatte deine Abwesenheit genutzt, um dir eine Überraschung zu bereiten. In wenigen Monaten sollte unser erstes Kind auf die Welt kommen, und ich hatte beschlossen, das Kinderzimmer herzurichten, und arbeitete glücklich und mit Begeisterung.

Bei deiner Rückkehr habe ich voller Stolz die Tür zum Kinderzimmer geöffnet, und anstatt dich zu freuen – wie du es meiner Ansicht nach hättest tun müssen –, bist du blass geworden. »Wie bist du denn auf diese Idee gekommen«, hast du gezischt, die Augen zu Schlitzen verengt.

»Ich wollte dich überraschen.«

»Wie bist du auf die Idee gekommen, Rot zu nehmen? Rot für das Zimmer unseres Kindes! Weißt du, wozu man Rot benutzt? Um Stiere zu reizen! Weißt du, was Rot für eine Farbe ist? Die Farbe von Blut und Gewalt! Das Baby wird die Augen öffnen und nur Blut um sich herum sehen, Blut, Blut, Blut, weil dieser Idiot von einem Vater ...«

Wütend bin ich dir ins Wort gefallen: »Untersteh dich, mich so zu behandeln! Ich habe drei Tage lang gearbeitet, um es schön zu machen!«

»Aber wieso rot? Wieso?«

»Um das Zimmer weder rosa noch hellblau zu streichen, weil jetzt alle rot nehmen und auch weil es fröhlich ist, deshalb.«

»Fröhlich? Fröhlich?«, hast du mit tränenerstickter Stimme wiederholt. »Fröhlich! Die Farbe des Blutes ist fröhlich! Du kapierst nichts, einfach gar nichts!« Dann bist du zusammengesunken und hast dich auf den Boden gekauert.

»Du bist es, die nichts kapiert!«, habe ich geschrien und türenschlagend das Zimmer verlassen.

Das war die einzige Nacht, die wir in derselben Wohnung in zwei verschiedenen Betten geschlafen haben. Ich war überrascht und beleidigt von deiner Reaktion, dass du meinen guten Willen nicht verstanden hattest, meinen Wunsch, dich glücklich zu machen. Du dagegen warst betrübt, weil du entdeckt hattest, dass dein Mann – der Vater deines Kindes – mit seinem Verstand und seinem Herzen nicht über einen bestimmten Punkt hinauskam. Dahinter warst du allein, und du wusstest, dass du dich in dieser Einsamkeit mit deinen Gespenstern auseinandersetzen musstest.

Am nächsten Morgen wurde ich von Lärm geweckt. Du standest schon in dem Kinderzimmer auf einem Schemel und warst dabei, die feuerroten Regale abzumontieren, die ich gerade mit so viel Liebe angebracht hatte.

Ich war verlegen und beschämt. Warst du mir noch böse? War etwa zwischen uns etwas zerbrochen, was nicht mehr gutzumachen war?

Mit dem Schraubenzieher in der Hand hast du dich zu mir umgedreht – dein Gesicht zeigte die Spuren einer schlaflosen Nacht – und mir ein Zeichen gemacht, mich zu nähern, so als wärst du eine Königin auf dem Thron, die eine Audienz gewährt.

»Bitte dein Kind um Verzeihung«, hast du herrisch gesagt, doch deine Augen lachten. Daraufhin bin ich zu dir gegangen und habe deinen Bauch geküsst.

»Verzeihung«, habe ich gesagt und einen Kniefall angedeutet.

»Verzeih deinem Vater, der, wie alle Männer, eine Menge Dinge nicht versteht ... und der alles tun wird, damit du besser wirst als er.«

»Ich werde alles tun«, habe ich wiederholt, »damit du ein bisschen besser wirst als ich.«

Später sind wir gemeinsam die neue Farbe kaufen gegangen. Du hast gleich auf Grün gesetzt. Nach langen Gesprächen – die hauptsächlich in deinem Kopf abliefen – hast du dich für ein helles, aber nicht zu blasses Grün entschieden.

»Diese Farbe hat das Maigras«, hast du gesagt, »wenn die Natur sich dem Leben öffnet.«

Du hast auch den Namen für unser Kind ausgewählt. Du warst dir sicher, dass es ein Junge werden würde, und mein Vater, die Hände zart auf deinen Bauch legend, hatte es dir bestätigt.

»Ein Junge, bestimmt ist es ein Junge.«

»Davide. Er soll Davide heißen.«

»Ist das ein Name aus deiner Familie?«, hat meine Mutter gefragt.

»Nein«, hast du erwidert. »Es ist der Name eines Königs. Unser Sohn wird ein König.«

Die Schwangerschaft verlief ohne alle Probleme. Ich war viel besorgter als du. Pass hier auf, pass da auf, sagte ich, lass uns noch diese Untersuchung machen oder jene. »Warum beruhigst du dich nicht?«, schlugst du gutmütig vor.

»Weil ich weiß, was alles passieren kann.«

Doch auch die Geburt war für dich mühelos. Zu meinem Entsetzen wolltest du zu Hause gebären. »Wieso«, sagtest du provozierend, »hätte ich sonst einen Arzt geheiratet?«

»Arzt ja, aber nicht Geburtshelfer.«

»Wir rufen eine Hebamme.«

Und so ist es gewesen. Die Geburt fand nicht in der Badewanne statt, wie du dir erträumt hattest, sondern in deinem Bett. Geboren werden und sterben muss man am selben Ort, wiederholtest du. Dir graute vor Krankenhäusern. Nie hättest du es ertragen, dein Kind im kalten Licht der Neonlampen zur Welt zu bringen, mit all dem Lärm, dem Stahl und der Eiseskälte rundherum. Doch am allerwenigsten hättest du es ertragen, sofort von deinem Kind getrennt zu werden. Direkt nach der Geburt, sagtest du, braucht das Kleine nur eines – die Wärme seiner Mama; und wenn es die nicht spürt, wird es – zu Recht – als Erstes denken, dass die Welt ein Ort des Schreckens ist, dass ein Raubtier kommen und dich aus der Wärme herausreißen kann, in der du herangewachsen bist. Das Raubtier sind die Hände der Krankenschwestern, dann das Gebadetwerden, die Plastikbettchen, das verzweifelte Weinen, auf das niemand antwortet. Wenn man die ersten Tage zerstört, zerstört man ein ganzes Leben, sagtest du immer wieder. Davon warst du zutiefst überzeugt. Die Kluft der Abwesenheit – das war es, was alle so außerordentlich zerbrechlich machte, unfähig, sich der Fülle der Liebe hinzugeben.

Oft, wenn ich auf Station arbeitete, kamen mir deine Worte in den Sinn. In was hat sich der Tod verwandelt? In etwas, das man hinter einem Wandschirm verbirgt – wenn überhaupt einer aufgestellt wird –, in etwas Beschämendes, Heimliches, was meistens in völliger Einsamkeit geschieht, und danach bist du nur noch eine Nummer, ein Platz, der frei gemacht, ein Bett, das frisch bezogen werden muss in der Erwartung, dass ein anderer kommen und darin sterben wird. Hängt der Wahnsinn unserer Zeit nicht vielleicht auch damit zusammen? Neonlampen beleuchten unsere intimsten, geheimnisvollsten Augenblicke, und unter diesem Neonlicht triumphiert die eiskalte Effizienz der Technik.

8

Einmal kam sogar eine Journalistin herauf. Ein Freund hatte ihr von dem Mann erzählt, der so zurückgezogen dort oben wohne und sie wollte einen Artikel darüber schreiben. Im Lauf der Jahre und der Stille habe ich es gelernt, Ja zu sagen; jede Tat, auch die geringste, kann ein kleines Geheimnis bergen, einen Samen, den du übersehen hast und der aufgehen kann, weil du ihn angenommen hast.

Es war eine junge Frau, und sie wirkte recht selbstsicher. Wie alle selbstsicheren Menschen war sie überzeugt zu wissen, wer ich sei, und jede ihrer Fragen war nur ein Versuch, mir einen vorgefertigten Stempel aufzudrücken. Doch je weiter sie ging, desto unzufriedener wirkte sie. Sie stellte indiskrete Fragen, und ich antwortete, indem ich von meinem Leben hier oben erzählte, von der Stille, den Schafen, den Dingen, die ich entdeckt hatte. Ich habe ihr auch von meiner Katze erzählt, die eines Tages – zusammen mit ihren Jungen – ein Eichhörnchenjunges säugte und wie dieses in Kürze zu ihrem Lieblingskind wurde.

»Ich glaube nicht an Idyllen«, hatte sie mich ungeduldig unterbrochen.

»Und woran glauben Sie?«

»An die Wahrheit.«

»Und was ist denn die Wahrheit?«

»Die Wahrheit ist, dass Sie etwas verbergen.«

»Denken Sie, ich sei ein Mörder?«

»Ich weiß nicht. Jedenfalls verschleiern Sie etwas. Sie haben irgendetwas Irritierendes an sich.«

»Was stört Sie denn so?«

»Dass Sie Gewissheiten zu haben scheinen, Sie sprechen vom ›Guten‹, vom ›Schönen‹, als ob es das gäbe …«

»Wieso, fänden Sie es nicht schön, wenn Sie ein Kind hätten?«

Einen Moment lang hielt sie unschlüssig inne. »Ja, wahrscheinlich schon. Aber es wäre schön für mich, also ganz individuell. Das Schöne als absoluten Begriff gibt es nicht.«

»Weil das Absolute nicht existiert?«

»Natürlich nicht.«

»Und wer hat Ihnen gesagt, dass es nicht existiert?«

»Die Wissenschaft hat für alles eine Erklärung. Und falls sie noch keine hat, wird sie sie bald finden.«

»Wissen Sie, wann Sie sterben?«

»Nein, aber was hat das hier zu suchen? Außer den zum Tode Verurteilten weiß das niemand.«

»Eben.«

»Die Anthropologie hat uns längst erklärt, dass es eine Notwendigkeit primitiver Völker ist, an Dinge zu glauben, die man nicht sieht. Schon seit den frühesten Kulturen des Menschen gibt es Zeugnisse dieser Formen von Aberglauben, und die Genetik und die Biochemie haben solche Intuitionen wissenschaftlich untermauert. Dinge, von denen Sie glauben, sie seien außerhalb von Ihnen, sind in Wirklichkeit in Ihnen: ein winziger Bereich des Gehirns, der dafür gemacht ist, starke Emotionen zu wecken. Alle Visionen von Heiligen könnten getrost im Labor erklärt und reproduziert werden.«

Ich unterbrach sie: »Lebt Ihre Mutter noch?«

Ratlosigkeit blitzte in ihrem Blick auf; sie folgte einem Weg, den sie tausendmal erforscht hatte, sie kannte jede Steigung, jede Kurve, jede Senkung; vor allem kannte sie das Ziel; noch nie hatte sie geargwöhnt, dass man davon abweichen könnte.

»Nein. Sie ist vor drei Jahren gestorben.«

»Haben Sie geweint?«

»Selbstverständlich habe ich geweint, aber das ist doch normal. Alle weinen, wenn ihre Mutter stirbt.«

»Und macht Sie das nicht nachdenklich?«

»Inwiefern denn?«

»Gibt es auch dafür einen Bereich im Gehirn, der das erklärt?«

»Ja, natürlich.«

»Dann war Ihr Schmerz die reine Chemie?«

»Solche Fragen können Sie mir nicht stellen.«

»Warum nicht?«

»Weil ich hier das Interview führe.«

»Aber Interviews sind doch ein Dialog. Sie sind

hergekommen, weil Sie neugierig auf mich waren, ich habe Sie nicht darum gebeten. Sie wollten herausfinden, wer ich bin, Sie haben sich vorbereitet, sind auf den Berg gestiegen, und jetzt können Sie nicht akzeptieren, dass ich nicht so bin, wie Sie gehofft hatten. Ich habe den Eindruck, dass Sie im Geist immer die gleiche Autobahnstrecke zurücklegen, an der Auffahrt wissen Sie schon genau, wo Sie wieder abfahren, Sie kennen die Landschaft auswendig, die Häuser, die Wohnblöcke, die Felder, die Industriehallen, alles ist da aufgereiht, um die Richtigkeit Ihres Wegs zu bestätigen. Nie ziehen Sie ein mögliches Risiko in Betracht.«

»Und was wäre das Risiko?«

»Dass man staunt.«

»Und warum sollte ich staunen?«

»Weil Sie plötzlich entdecken, dass etwas anders ist, als Sie es sich vorgestellt hatten.«

»Sie bestätigen mir gerade, was ich schon über Sie gehört hatte.«

»Und zwar?«

»Dass Sie ein geschickter Manipulator sind. Sie nutzen Ihre Ausstrahlung, Ihre Dialektik, der man nicht widersprechen kann, um die Menschen dahin zu bringen, wo Sie sie haben wollen. Warum tun Sie das? Aus Lust an der Macht? Um berühmt zu werden? Wahrscheinlich versprechen Sie auch Wunder ... Haben Sie nie Wunder vollbracht?«

»Alle können wir Wunder vollbringen.«

Sie fing an zu lachen, ein kaltes, nervöses Lachen.

»Also glauben Sie, dass Sie den Ruf verdienen, der Sie umgibt.«

Ich seufzte.

»Wissen Sie, was Mutter Teresa von Kalkutta zu sagen pflegte, wenn jemand kam, um sie anzugreifen? ›Jeder argumentiert auf der Grundlage der Fäulnis, die er in sich trägt.‹«

Die Journalistin starrte mir provozierend in die Augen. Ihr Blick hatte den stumpfen Glanz von Keramik.

»Und ich wette, dass Sie natürlich frei von Fäulnis sind. Sie sind zu vollkommen, zu rein.«

»Im Gegenteil, ich bin voll davon bis oben hin. Ununterbrochen kämpfe ich dagegen an, vom Aufstehen bis zum Schlafengehen.«

Sie lachte und schüttelte ihre kupferroten Locken.

»Entschuldigen Sie, aber jetzt begreife ich gar nichts mehr. Sie leben seit so vielen Jahren hier oben und sind nicht einmal ein Heiliger?«

Daraufhin erzählte ich ihr in aller Ruhe von den Zen-Gärten, die ich in Japan gesehen hatte, von all den sorgsam auf dem Kies angeordneten Steinen und davon, dass einer von diesen Steinen immer unsichtbar bleibt, von welcher Seite man das Arrangement auch betrachtet. Dieser eine Stein – vorhanden und doch unsichtbar – ist der Teil, der in jedem Leben dunkel bleibt.

»Und welcher Teil wäre das?«

»Das Geheimnis der Geburt. Das Geheimnis des Todes. Das Geheimnis des Bösen, das die Zeit verwüstet, die zwischen diesen beiden Ereignissen liegt. Niemand weiß, warum er geboren wird, niemand weiß, wann er stirbt, niemand weiß, warum das Böse wie ein unaufhaltsamer Tintenstrom mit seiner Dunkelheit jeden Winkel der Schöpfung überschwemmt.«

Sie wirkte verwirrt. »Nicht einmal Sie wissen es?«

»Nein.«

An diesem Punkt war es an ihr zu seufzen. »Das bestätigt mir, was ich von Anfang an geahnt habe. Irgendetwas stimmt nicht. Wenn Sie keine Antworten haben, wenn auch Sie voller Fäulnis sind, was machen Sie dann eigentlich hier oben? Warum lebt einer jahrelang im Frost, in der Einsamkeit, ohne jeden Komfort, plagt sich ab, um ein paar Rüben zu ernten und ein bisschen Käse herzustellen, noch dazu ohne Frau, ohne Sex, und behauptet, er wäre glücklich. Der macht sich doch selbst etwas vor.«

Ich gab ihr die Frage zurück: »Und Sie? Sie leben sicher in einer Wohnung mit Heizung, haben ein Handy, Internet, einen großen Freundeskreis, Essen im Überfluss, haben Sex, wann immer Sie wollen, sind Sie damit glücklich?«

Ihre Augen schweiften ins Leere.

In dem Moment sprang die Katze auf den Tisch, legte sich wie eine Königin zwischen uns und begann zu schnurren.

»Ich habe keinen Sex, wann immer ich will«, sagte sie düster.

»Sind Sie verheiratet?«

»Nein, ich finde einfach nicht den Richtigen dafür.«

»Und warum brauchen Sie Sex?«

»Um mich zu amüsieren, um mich zu entspannen, weil ich noch jung bin, weil es der Gesundheit schadet, es nicht zu machen, weil ich kein Moralapostel bin.«

»Wäre es nicht besser zu warten, bis man sich verliebt?«, warf ich ein.

»Die Liebe existiert nicht. Es gibt nur die Konventionen, und die Konventionen machen die Menschen zu Gefangenen.«

Lustlos stellte sie noch ein paar Fragen, ohne noch einmal zu lächeln. Dann verstaute sie Tonbandgerät und Notizblock in ihrer Handtasche: »Sie spielen eine Rolle, aber wie sollte man Sie tadeln? Auch ich tue das, bloß dass meine Rolle angenehmer ist als Ihre. Im Unterschied zu Ihnen habe ich keine Schuldgefühle und nicht den Drang, mich zu bestrafen. Ich versuche, mir das Beste im Leben zu nehmen, weil ich weiß, dass es nichts weiter ist als eine Komödie, und im Theater sitzt man am besten in der ersten Reihe, glauben Sie nicht?«

»Nein, das glaube ich nicht«, sagte ich, während ich ihr in den Mantel half. »Es ist gleich ein Uhr«, fügte ich hinzu, »warum bleiben Sie nicht zum Mittagessen? Ich kann ein paar Eier von meinen Hühnern braten. Gestern habe ich Brot gebacken, und es gibt auch einen recht guten Wein.«

Einen Augenblick zögerte sie, unentschieden; in ihren Keramikaugen erschien ein winziger Schimmer.

»Bleiben Sie?«, hakte ich daraufhin nach.

Sie zwinkerte heftig.

»Ich kann nicht. Ich muss vor Ende des Tages in Mailand sein. Vielleicht ein andermal.«

»Kommen Sie denn wieder?«

Auf ihrem Gesicht erschien das Lächeln eines außergewöhnlich traurigen Kindes.

»Ich glaube, das Material reicht für meinen Artikel.«

»Können Sie nicht für sich selbst wiederkommen?«

»Für welche meiner Masken?«, lächelte sie und verschwand mit kaum weniger sicherem Schritt als bei ihrer Ankunft in Richtung Tal.

9

Ich hätte gern noch länger mit dieser Frau gesprochen, sie war so voller Schmerz. Eine Scheibe trennte ihren Kopf von ihrem Herzen. Wie viele Menschen ich in diesem Zustand hier ankommen sehe! Innerlich gespaltene, zerbrochene Menschen, der Kopf voller Gedanken und der Körper leer, nicht vorhanden oder in einem unsichtbaren Panzer gefangen – dem Panzer der Ideen, einer Weltanschauung, einer physischen Effizienz, die reiner Schein ist. Ab und zu kommen hierher Männer, die richtige Muskelkathedralen sind; mit mächtigen Schritten überqueren sie die Wiese, doch sobald sie vor mir stehen, erkenne ich in ihren Augen das verängstigte Kind.

Vielleicht vergessen wir zu häufig, dass in uns noch der Urmensch lebt, ein Mensch, dessen Überlebensregeln sich gar nicht sonderlich unterscheiden von denen der großen Menschenaffen. Das gesamte Funktionieren unseres Organismus kündet davon. Wir sind dafür geschaffen zu flüchten, uns zu verteidigen, anzugreifen, zu versuchen, unbedingt zu überleben. So gesehen, sind wir recht einfache Geschöpfe, wir kennen die Umwelt, die möglichen Gefahren, und dem passen wir unsere Reaktionen an. Doch unsere Umwelt hat sich viel rascher weiterentwickelt als wir, wahrscheinlich ist uns die Situation auch deshalb entglitten. Überall gibt es Stressfaktoren, die wir biologisch nicht begreifen und deshalb nicht kontrollieren können. Dieses ständige Gefühl, der Willkür des Unbekannten ausgesetzt zu sein – und das Unbekannte ist die Bedrohung, die Möglichkeit eines Angriffs, der die Stabilität unserer Tage erschüttern kann. Deshalb gleichen die Menschen von heute einer Geige, deren Saiten bis zum Anschlag gespannt sind. Die Saiten sind das sympathische System – dieses verwandelt jede Geste, jeden Gedanken in ein krampfhaftes Zucken. Manche Menschen, die empfindsamsten, ahnen das und sagen, wenn sie hier oben ankommen, als Erstes: »Ich brauche dringend Entspannung.« »Hier gibt es aber keine Whirlpools«, scherze ich dann für gewöhnlich. »Ich könnte Ihnen im Gemüsegarten helfen oder die Schafe auf die Weide bringen …«

Der Urmensch schenkt uns das Gespür dafür, was nötig ist, um den eisernen Griff des sympathischen Systems zu lockern: in der Erde, auf der Erde sein, die Samen auf ihrem Weg begleiten, gießen, jäten, die Früchte ernten, die Schafe und Lämmer in der Wärme des Stalls schützen. »Wie glücklich ich bin«, sagen die Gäste oft nach ein paar Tagen dieses Lebens und seufzen tief. Es ist das Zwerchfell, das sich entspannt, sich wieder der Kommunikation zwischen Kopf und Bauch öffnet, dem Sitz des zweiten – ebenso wichtigen – Gehirns. Nahe an seinen Wurzeln kann der Mensch sich gestatten, erneut in seiner Ganzheit zu existieren.

Wünschen sich nicht vielleicht deshalb die meisten Menschen, wenn sie in Rente gehen, ein kleines Stückchen Land?

Wir hätten es auch so gemacht, meinst du nicht?

Als wir nach Rom umziehen mussten wegen meiner Anstellung im Krankenhaus, warst du gar nicht glücklich. »Der Beton überschwemmt mich«, sagtest du. »Mit Beton in den Adern kann ich nicht mehr träumen.« Deswegen haben wir entschieden, im Stadtviertel Monteverde zu wohnen. Dort konntest du zu Fuß den großen Park von Villa Pamphili erreichen und dich von den Giften reinigen, die du so sehr fürchtetest.

Doch allmählich gelang es dir dann, auch der Großstadt positive Seiten abzugewinnen, du lerntest viele Leute kennen, die die gleichen Interessen hatten wie du, und warst sicher, in kurzer Zeit das Kindergartenprojekt realisieren zu können, das dir so am Herzen lag.

An manchen Sommerabenden jedoch, wenn durch die geöffneten Fenster die Hitze des Asphalts heraufstieg – und dazu noch der Lärm und der Gestank der Autos –, schmiegtest du dich auf dem Sofa an mich und sahst mich an: »Wir bleiben aber nicht für immer hier, oder?«

So begannen wir, uns unser zukünftiges Leben auszumalen, wenn wir – die Kinder längst erwachsen, vielleicht sogar eine kleine Enkelschar – ein schönes Landhaus haben würden, um sie alle aufzunehmen. »Ich werde Marmelade kochen«, sagtest du, »ich werde Blumen und Gemüse ziehen und auf dem Rasen weiße Kaninchen wie die von Alice im Wunderland laufen lassen ...«

»Und womöglich fangen sie eines Tages zu sprechen an.«

»Selbstverständlich, bestimmt werden sie sprechen und die Hühner auch.«

An den langen Winterabenden – die hier oben schon um vier Uhr nachmittags anfangen – versuche ich manchmal, mir vorzustellen, wie sich dein Gesicht verändert hätte. Graue oder weiße Haare, wie viele Falten und welche? Und dein Wesen? Wäre es dir gelungen, dir deine freudige Frische für immer zu bewahren, oder hätte irgendwann irgendeine Form von Enttäuschung die Oberhand gewonnen? Enttäuschung über deine Arbeit, über mich, über die Kinder. Vielleicht hätte auch ich im Lauf der Jahre die Fähigkeit verloren, an deiner Seite zu sein – die Routine, die Karriereprobleme, die normale Erstarrung, die uns Männer unvermeidlich einholt, hätten mich vielleicht in einen Ehemann wie alle anderen verwandelt, immer in Eile, zerstreut, möglicherweise noch voller Begehren oder Bedauern. Oder wer weiß, mit fünfzig hättest du auf einmal durch eine SMS auf dem Handy herausgefunden, dass die junge Krankenschwester, die mir assistierte, schon länger meine Geliebte war.

»Alles steht schon geschrieben«, sagtest du oft.

»Woher willst du das wissen?«, fragte ich skeptisch.

»Ich weiß es, und fertig«, erwidertest du achselzuckend.

Wir waren jung, standen mitten im praktischen Leben; ich mehr als du, wegen meines Charakters und meiner Arbeit. Ab und zu ließest du mich einen Schimmer erahnen, der dann in meinem Inneren weiterwirkte und eine unerklärliche Unruhe auslöste.

»Warum sagst du das?«, fragte ich dich. »Was siehst du, was ich nicht sehe?«

Du lächeltest geheimnisvoll: »Eines Tages wirst du es verstehen.«

Sahst du diesen Tag?

Und wenn du ihn sahst, warum hast du dann nicht das Programm geändert, warum hast du nicht gesagt: »Lass uns zu Hause bleiben, wir fahren ein andermal hin?«

Warum denkt man, wenn etwas nicht wieder Gutzumachendes geschieht, nur noch daran, wie man es hätte vermeiden können?

Wenn man rechts abgebogen wäre anstatt links ... wenn du im Bett geblieben wärst und weitergeschlafen hättest ... wenn du den Anruf nicht angenommen hättest ...

Auf jede Tragödie folgt eine Flut von »Wenns«, und diese Fragen wiegen schwer wie ein Rucksack voller

Steine, und wer die Tragödie miterlebt hat, trägt ihn für immer auf den Schultern. Wenn man sich an den »Wenns« entlanghangelt – als ob es ein Seil wäre, das uns zugeworfen wird, um uns zu retten –, wird einem klar, dass auf ein »Wenn« stets ein weiteres folgt und dann noch eines und noch eines. Man streckt die Hand aus, überzeugt, es sei das letzte, und findet immer noch weitere, sodass man sich zuletzt, bevor man erschöpft umfällt, ergeben muss. Das einzig gültige »Wenn«, das alle anderen in sich birgt, ist nur eines:

Wenn ich nie geboren worden wäre.

Wenn es an diesem sonnigen Novembersonntag geregnet hätte, wären wir zu Hause geblieben.

Ebenso, wenn Davide oder ich Fieber gehabt hätten.

Es hätte auch passieren können, dass mir jemand in der Nacht davor das Auto geklaut hätte.

Stattdessen erwartete uns das Auto treu vor dem Haus.

Wenn wir uns nicht an jenem bestimmten Tag geliebt hätten, wärst du nicht wieder schwanger gewesen.

Wenn du nicht schwanger gewesen wärst, hättest du nicht beschlossen, dass du ein Auto brauchst.

Wenn du nicht diese Freundin gehabt hättest, mit der du die Kurse an der Waldorfschule gegeben hast, wäre es dir nie in den Sinn gekommen, dieses Modell haben zu wollen – einen Renault 4 –, das sie auch hatte.

»Für den Kindergarten werde ich es bald brauchen«, sagtest du, um mich zu überreden, denn mir schien es vernünftiger, ein Auto auf Raten beim Autohändler nebenan zu kaufen. »Und außerdem«, fügtest du hinzu, »warum sollen wir Geld für ein neues Auto rausschmeißen? Man braucht es doch nur, um von hier nach da zu fahren.«

Wenn du nicht mit Ettore, deinem Studienkollegen aus den Abruzzen, befreundet gewesen wärst, hättest du nie entdeckt, dass er einen R4 besaß, den er verkaufen wollte, genau wie du auch nie vor Freude durch die Küche gehüpft wärst mit den Worten: »Ja, den nehme ich, ich werde ihn Carolina nennen.«

Wenn du Ettore gebeten hättest, dir den Wagen gelegentlich zu bringen, wenn er sowieso nach Rom musste, anstatt dass wir hinfahren, um ihn zu holen …

Wenn du mich nicht überredet hättest, ihn an dem Sonntag da oben zu besuchen …

»Wir essen Maroni, trinken den neuen Wein, und dann fahren wir wie bei einer Hochzeit triumphierend mit unserem Autokonvoi nach Hause.«

Wenn ich nicht auf dich gehört hätte, wenn der Kollege nicht bereit gewesen wäre, die Schicht mit mir zu tauschen …

Alle »Wenns« sind nur Glassplitter, Eisenspäne, Zucker, der an den Schuhsohlen festklebt und knirscht.

So, wie die Ketten knirschen, die mich seit dreißig Jahren fesseln. Manchmal empfinde ich sie als so eng, dass sie ins Fleisch schneiden, manchmal sind sie lockerer und erfüllen das Zimmer mit Eisengerassel. Mit ebendiesen Ketten setze ich mich abends vor das Feuer und stelle mir vor, ich hätte dich neben mir, in eine Decke gehüllt, einen Gedichtband in der Hand und mit den leuchtenden Augen, die du jedes Mal bekamst, wenn du mir eines vorlesen wolltest, das dir gefallen hatte.

10

»Langweilen Sie sich nicht hier oben?«, fragen mich die Leute bei ihrer Ankunft oft. »Hier ist doch nichts los.«

Heute hat es getaut, und ich habe die Schafe herausgelassen, die jüngeren stürmten vor Freude los, während die älteren mit gesenktem Kopf das Gehege nach ein paar Grasbüscheln zwischen den Schneeflecken absuchten.

Das Glück der Lämmer beglückt mich. Auch mich erfüllt Freude, während ich sie beobachte, auch ich fühle mich unschuldig, vertraue ganz auf die mütterliche Wärme.

Seit meiner Ankunft vor fünfzehn Jahren, als hier nur eine aufgegebene, von Brombeeren überwucherte Schäferei war, hat sich sehr viel verändert. Genau das – das Schauspiel der Veränderung – hat mich davor bewahrt, dass sich Langeweile in meine Tage einschleicht. Nach den ersten Befürchtungen – es nicht zu schaffen, nicht dazu fähig zu sein, mich überschätzt zu haben – kamen allmählich die ersten Erfolgserlebnisse.

Das mit so viel Mühe gerodete Grundstück hatte die Samen aufgenommen, und aus den Samen sprossen die ersten Keime: Diese wuchsen zu kleinen Pflanzen heran, die dank meines primitiven Bewässerungssystems den Sommer überlebten und sich in Nahrungsmittel verwandelten, die mir über den Winter helfen würden.

Das gleiche dankbare Staunen empfand ich, als ich die Milch auf dem Feuer rührte und sah, wie daraus Ricotta wurde; bis dahin hatte ich Ricotta nur als ein in Plastik verpacktes Produkt in den Regalen des Supermarktes gekannt.

Und der alte verwilderte Apfelbaum neben dem Haus? Als ich ankam, war er nur ein unentwirrbares Dickicht von Zweigen. Er trug wenig Früchte, nicht größer als eine Pflaume. Bevor ich ihn zurückschnitt, beobachtete ich ihn tagelang, ich wollte herausfinden, was er wirklich brauchte. Erst als mir schien, ich vernähme seine Stimme, begann ich mit der Arbeit. Dann wartete ich bang auf den Frühling.

Hatte ich es gut gemacht, hatte ich es schlecht gemacht? Und als sich seine Krone im Mai mit rosa Blüten bedeckte, verstand ich, dass ich nichts falsch gemacht hatte.

Natürlich mangelte es auch nicht an Irrtümern, an Niederlagen, an Tagen der Entmutigung; die Saat verschwand, weggeschleppt von den Ameisen, die Käselaibe explodierten wegen der Bakterien; Blattläuse fielen massenweise über die Blätter des Apfelbaums her. Anstatt aufzugeben, musste ich jedes

Mal einen neuen Weg einschlagen, um weiterzukommen.

Ich entdeckte zum Beispiel, dass man die Samen vor der Aussaat nur in ein Klümpchen Lehm hüllen muss, um sie vor dem Hunger derjenigen zu retten, die sie auffressen.

Ich begriff mit der Zeit, dass die Feinde nie echte Feinde sind, unser Denken macht sie dazu, und dadurch werden sie unbesiegbar.

Von zehn Pflanzen wird nur eine massiv von den Blattläusen befallen, die anderen werden kaum berührt, und jene Pflanze ist immer die schwächste, die früher oder später sowieso eingegangen wäre. Wenn ich Gift gesprüht hätte, um sie zu retten, hätte ich damit auch alle anderen geschwächt und anfällig gemacht.

Die Krankheiten kommen durch das Ungleichgewicht des Bodens, die verschiedene Qualität der Samen, die Wetterbedingungen.

Einmal, als ich im Juli – wenn seine Pracht am größten ist – meinen Gemüsegarten betrachtete, dachte ich, einen Garten zu pflegen ist nicht viel anders, als ein Orchester zu dirigieren. Da gibt es eine Unmenge Instrumente – Bläser, Schlagzeuger, Streicher –, und jedem muss man das Äußerste abverlangen, denn nur dies – höchste Genauigkeit im Rhythmus – ermöglicht allen anderen, es ebenso zu machen und dadurch den Zauber der Symphonie hervorzubringen.

Aus diesem Grund säe ich neben dem Gemüse immer auch Blumen. Das Nützliche und das Schöne müssen zusammenleben und sich gegenseitig erhellen, sonst unterscheiden sich die Zucchini, die Salatköpfe, die Tomaten, die in Reih und Glied stehen wie beim Militär, kaum von zum Tode Verurteilten – sie warten nur darauf, gegessen zu werden. Ihr Warten auf den Tod ist der Spiegel unserer inneren Armut. Anders dagegen ist es, wenn man Löwenmäulchen oder Calendula daneben pflanzt, die wie kleine Sonnen strahlen. Schönheit lebt auch in den kleinen, scheinbar nutzlosesten Dingen. Aus dem gleichen Grund lasse ich im Garten auch viel Unkraut stehen. Ich besetze ja seinen Raum, nicht umgekehrt. So habe ich gelernt, auch das Unkraut zu achten; indem ich ihm erlaube zu wachsen, biete ich vielen nützlichen Insekten, die sich in seinen Blättern verbergen, Schutz und Schatten. Wenn der Gemüsegarten ein Orchester ist, gehört das Unkraut sicherlich zum Chor.

Ich glaube, meine Art, mit den Pflanzen zu leben, hätte dir sehr gefallen. Du warst ja auch auf die Idee mit den Blumen gekommen. Kurz vor unserer Hochzeit hatten wir meine Großeltern besucht, und während wir mit dem Gemüse für das Mittagessen aus dem Garten kamen, sagtest du zu Großvater, der neben dir ging: »Wäre es nicht besser, daneben auch Blumen zu haben?«

»Blumen? Warum das denn?«

»Blumen braucht man für den Friedhof«, schnitt

Großmutter ihm das Wort ab, und dir wurde klar, dass es nicht angebracht war, das Thema weiter zu verfolgen.

Sie waren brave Leute, aber eben altmodisch. Für sie, von lebenslanger Feldarbeit erschöpft, war die Ankunft der Chemie nicht viel anders gewesen als die einer Fee, die das Ungeheuer dieser Plackerei mit ihrem Zauberstab hinter den Horizont verbannen konnte. Ich weiß noch, wie mir der Großvater, als ich schon aufs Gymnasium ging, triumphierend mehrere kleine Flaschen in einem Schränkchen zeigte. »Ich habe mir auch den Ausweis geben lassen«, sagte er zu mir, »ich darf sie alle benutzen. Ich habe gewusst, dass der Fortschritt uns so weit bringen würde, aber ich hätte nicht geglaubt, dass ich es noch erlebe.« Auf jedem Fläschchen war ein Totenkopf mit gekreuzten Knochen abgebildet. »Ist das Zeug nicht gefährlich?«, fragte ich. Er sah mich mit einem ungläubigen Ausdruck an. »Wieso denn? Das ist alles garantiert.«

Was eigentlich garantiert wurde, habe ich nie verstanden.

Bei der Gartenarbeit versuche ich oft, mir das Gesicht meines Großvaters vorzustellen. Wie erstaunt er wäre, wenn er entdeckte, dass sein Enkel – dieser Enkel aus der Stadt, der mit seinem Doktortitel eine unerschöpfliche Quelle des Stolzes war – alles an den Nagel gehängt hat und seinen Lebensunterhalt wieder so mühsam bestreitet wie einst er.

Oft kommen mir seine Gesten wieder in den Sinn;

wenn ich einen Strauch festbinde, sind meine Hände wie seine, die gleichen schwieligen Hände, die ich auch sehe, wenn ich die jungen Pflänzchen umsetze – rissige Hände, stark, aber fähig, ihre Kraft im Nu in große Zartheit zu verwandeln.

Ich glaube nicht, dass ich es dir je erzählt habe, doch habe ich nur ein einziges Mal in meinem Leben an einer Prozession teilgenommen, und zwar eines Sommers bei den Großeltern. Im Dorf feierte man das Fest des heiligen Isidor, Schutzpatron der Bauern. Schon am Vortag hatte Großmutter mich zum Triduum mitgenommen. Zu Füßen des Altars standen zwei riesige Gipsochsen, die einen Pflug zogen; hinter den Ochsen prangte Sankt Isidor, und über ihm schwebten zwei Engel.

Auf dem Heimweg erzählte mir Großmutter, dass diese Engel seine Helfer waren, denn wenn er ermüdete, arbeiteten sie für ihn weiter; Gott selbst hatte ihm dieses ungewöhnliche Geschenk gemacht, um ihm für seine große Frömmigkeit zu danken.

Am nächsten Tag steckten sie mich in ein weißes Chorhemd, und mit dem Weihrauchfass in der Hand ging ich vor der Statue des Heiligen her durch alle Straßen des Dorfes. Ich war den Weihrauch nicht gewöhnt, der Gegenwind trieb ihn mir in die Augen und in die Nase, die Augen tränten, und ich fürchtete zu stolpern. Rund um mich erhob sich ein Chor von lateinischen Gebeten, von denen ich kein Wort verstand, aber ich war sehr stolz auf meine Rolle und auch sehr eingeschüchtert, weil ich fürchtete, ihr nicht gewachsen zu sein. Zu meiner großen Verwunderung gelang es mir, in die Kirche zurückzukehren, ohne zu stolpern und ohne dem Schwindelgefühl nachzugeben, das mich den ganzen Weg über gequält hatte.

Ich weiß noch, dass ich an jenem Abend in meinem Bett vor dem Einschlafen eine außerordentliche Leichtigkeit empfand. Ich lag da im Bett, doch gleichzeitig war mir, als schwebte ich in der Luft. Vielleicht hatten die Engel des heiligen Isidor zusammen mit dem Pflug auch meine Matratze hochgehoben. Ich war dort oben und flog mit ihnen, doch anstatt mich zu fürchten, musste ich lachen, ich fühlte mich fröhlich und frei, als ob ich Aladin wäre.

Dieser Zustand der Gnade hielt auch am nächsten Tag an, und genau deshalb gab meine Großmutter mir zum ersten und einzigen Mal eine Ohrfeige. Einige Tage zuvor hatte ich nämlich im Garten ein schönes Exemplar einer Gottesanbeterin gefunden. Ich hatte sie mit ins Haus genommen und in einen der Grillenkäfige des Großvaters gesetzt. Dort saß das Insekt in seiner gewohnten Haltung, die Vorderbeine zusammengelegt, und so verfiel ich auf die lustige Idee, Großmutter eine Überraschung zu bereiten; unter den Tisch gekauert, auf dem der Käfig stand, begann ich mit feinem Stimmchen – so wie eben die Gottesanbeterin gesprochen hätte – einige Bruchstücke des lateinischen Gebets zu wiederholen, die in meinem Gedächtnis auftauchten. Ich hatte die Worte *requiescant in pacem* noch nicht zu Ende gesprochen, als die Hand der Großmutter mich heftig am Kopf traf. Ihre Augen sprühten Feuer.

»Schweig!«, rief sie mit Donnerstimme. »Schäm dich! Mit diesen Dingen treibt man keinen Scherz!«

Beim Abendessen wurde dem Großvater meine Missetat mitgeteilt, mein Rücken war schweißnass, ich wurde rot und schämte mich in Grund und Boden. »Nimm nächstes Mal lieber eine Grille«, riet er mir, bevor er zu essen begann.

II

Sosehr deine Welt zum Zeitpunkt unserer Begegnung mit geheimnisvollen Ereignissen bevölkert war, so eng beschränkte sich die meine damals nur auf das Sichtbare. Deine Geschichten störten mich nicht, im Gegenteil, sie wirkten wie ein Zauberpulver, das meinem Leben eine heitere Note verlieh. Ich muss zugeben, dass meine Sichtweise geprägt war von dem, was du einmal als »männlichen Paternalismus« bezeichnet hast. Im Grund genommen war ich überzeugt, dass diese Art von Phantasie etwas sehr Weibliches sei – und weiblich bedeutete eine Haltung der Personen, die sich nicht wirklich mit dem Ernst des Lebens auseinandersetzen müssen.

Ich habe dir nie widersprochen und auch nie Erklärungen für deine Behauptungen verlangt, die du mir sowieso nicht hättest geben können. Da ich es gewohnt war, alles durchs Mikroskop zu betrachten, Maßnahmen zu ergreifen, Bezüge herzustellen, zu berühren, zu riechen, zu beobachten, fand ich einfach keinen Zugang zu jener Welt, in der du lebtest.

Die einzige Brücke, die uns bei diesen Themen zusammenführte, war die Dichtung. Wir liebten sie beide; du hattest mehr Zeit als ich, und so lasest du mir häufig, wenn ich nach Hause kam, in der ruhigen Stunde nach dem Abendessen auf dem Sofa die Verse vor, die dich am meisten beeindruckt hatten. Du warst eine unersättliche Leserin, du lasest die Klassiker, gingst aber auch gern zu den Bücherständen, um in den Texten gänzlich unbekannter Autoren zu stöbern. »Man kann wahre Perlen finden«, wiederholtest du oft, »im Staub der Bücherregale vergessene Perlen.« In der Tat, wenn du von deinen Streifzügen zurückkamst, glichst du einem Perlenfischer oder Goldsucher; du öffnetest deine Tasche und zogst nacheinander vorsichtig deine kostbaren Funde heraus. Ich betrachtete sie und begriff manchmal deine Auswahl nicht, fand sie bizarr. Dann fingst du an zu lachen: »Du hast recht, dieses Buch ist wirklich absurd«, aber das hielt dich nicht davon ab, es zu lesen.

An manchen Abenden jedoch, während die Küchenuhr die Stunden maß, schwebten die Worte, die du soeben gelesen hattest, noch zwischen uns in der Stille des Zimmers; es waren keine einfachen Worte mehr, sondern Juwelen, Rubine, Smaragde, Diamanten, Aquamarine, die um uns herumtanzten und unsere Gesichter leuchten ließen. In solchen Augenblicken schlug die Dichtung eine Brücke zwischen uns. Dort auf der Brücke konnten wir uns treffen. Unter uns, rund um uns floss der Fluss des Geheimnisses. Und gerade dieses Geheimnis gab uns die

Sicherheit, dass unsere Liebe stärker sein würde als der Tod.

»Die Gedichte stoßen kleine Fenster in den Tagen auf«, sagtest du oft, »unter dem Grau des Alltags zeigen sie uns den Schimmer einer anderen Wirklichkeit. Man braucht sie, um nicht aufzugeben.«

Aufgeben hieß für dich, sich einzuengen, von der Banalität der Zeit gedrängt zurückzuweichen, bis man sich im Käfig der leblosen Gesten, der schon gesagten Worte, der schon getanen Dinge wiederfand.

Erst Jahre später habe ich verstanden, dass es in deinem Geist, neben der Realität, die für jedermann sichtbar war, noch eine andere gab, die du ›Lichtrealität‹ nanntest. Als ich dich eines Tages danach fragte, hast du genickt.

»Ja, aber gibt es hier unten denn kein Licht?«, fragte ich dich perplex.

Du spieltest mit einer Feder, ließest sie fallen, pustetest darauf, und sie flog wieder.

»Gewiss, doch dort oben ist immer Licht«, antwortetest du mir lächelnd.

Wie viele Jahre habe ich gebraucht, um diese Bemerkung von dir zu verstehen. Wie viele Stürze, wie viele Spalten, wie viele Abgründe haben meine Schritte überwinden müssen, bevor es mir gelang, ein klein wenig Helligkeit zu sehen.

In der Welt, in der das Licht immer leuchtet, gibt es keine Nacht, doch der Weg, der zu dieser Welt führt, ist so dunkel, glitschig und zäh wie ein Erdölstrom.

Das Öl kommt aus dem Bauch der Erde.

Und woher kommt die Dunkelheit unseres Herzens?

Steigt auch sie aus diesem glühenden Bauch herauf?

Und die Dunkelheit unseres Geistes?

Warum wird uns dann bei der Geburt keine Laterne in die Hand gedrückt?

Abgesehen von der ersten Erfahrung bei den Großeltern, war meine religiöse Erziehung vernachlässigbar. Mein Vater betrachtete sich, wie du weißt, als Freigeist, aber er war nicht antiklerikal. Er fand es richtig, die Kinder in festgefügten Bahnen gehen zu lassen, an deren Ende sie sich aber frei entscheiden konnten. »Fürchtest du nicht, dass sie ihn einer Gehirnwäsche unterziehen?«, warnte ihn ein guter Freund. Mein Vater begann zu lachen: «Für eine Gehirnwäsche braucht es ganz andere Methoden.«

Er hatte recht. Die Winternachmittage, die ich damit verbrachte, die eiskalten Bänke des Gemeindesaals zu wärmen, stellten gewiss keine Gefahr für meinen jungen Geist dar. Die natürliche religiöse Erziehung, die ich bei den Großeltern genossen hatte, hätte in jenem kalten Raum ihre Bestätigung und Vollendung finden sollen, doch es geschah genau das Gegenteil; in jenen endlosen Nachmittagen begann das, was ich bei den Großeltern gelernt hatte, sich aufzulösen. Unterschiedliche Dinge haben dazu beigetragen, doch ausschlaggebend war bestimmt, dass ich merkte, welch großer Bruch zwischen der Welt der Realität und jener des Wortes bestand.

In meinem Denkstübchen, während jener Sommer bei den Großeltern, fragte ich mich viele Dinge, doch war es stets die Realität, die mir die Fragen eingab; und wenn die Großmutter mittags das *Angelus* wiederholte oder der Großvater vor dem Essen kurz die Speisen segnete, schien mir das alles völlig normal, so wie ich sie im Juni auch spontan in die Kirche begleitete zu den Bittgottesdiensten für die Ernte. Ihre Welt war einfach, an den Rhythmus der Jahreszeiten und die Launen des Wetters gebunden – Danken und Segnen schienen selbstverständlich. Da war unser Leben und das Leben derer, die über und neben uns lebten: Maria, Jesus, der heilige Isidor, der heilige Antonius *del Porcello* und der andere heilige Antonius – der, der einem half, verlorene Dinge wiederzufinden.

Im Halbschatten des Hauses waren mehrere vom Rauch des Kaminfeuers und von der Zeit angegriffene Abbildungen verteilt; mein Lieblingsbild war ein Souvenir, das sie vor Jahren von einer Pilgerreise nach Loreto mitgebracht hatten. Es zeigte fliegende Engel, die ein Haus trugen, leicht wie ein Taschentuch. Großmutter hatte mir, als ich sechs Jahre alt war, erklärt, es handele sich um das Haus von Maria, der Mutter Jesu, das die Engel nach Italien brachten, um es in Sicherheit zu bringen.

»Können Engel Häuser transportieren?«, hatte ich verblüfft gefragt.

»Natürlich.«

»Auch fünfstöckige?«

»Auch zehnstöckige.«

»Wirklich? Dann können die Engel einfach alles!«

Die Bestätigung bekam ich in der Nacht des heiligen Isidor, als ich mich plötzlich mitsamt der Matratze in die Luft gehoben fühlte. Die Entdeckung, dass jeder von uns auch einen persönlichen Engel zur Verfügung hatte, fügte dann dem Staunen die Freude hinzu. Wenn ich in Schwierigkeiten geriete, bräuchte ich bloß einen Pfiff auszustoßen, und schon käme er mir zu Hilfe wie der treue Rintintin.

Abends im Bett zeichnete mir die Großmutter ein Kreuz auf die Stirn, und gleich darauf schlief ich glücklich ein. Auf diese Welt voller Natürlichkeit – eine Welt, in der die Dinge miteinander verbunden waren und dieser Zusammenhang dem Leben einen Sinn gab – traf eines Tages das, was damals *die Doktrin* genannt wurde, der Kommunionsunterricht.

War nicht allein der Name schon außerordentlich beunruhigend? Von Doktrin kommt schließlich das Wort Indoktrinierung, und indoktriniert ist ein Mensch, der aufgehört oder gar nie begonnen hat, den eigenen Kopf zu gebrauchen. An einem Oktobernachmittag kam ich voller Fragen – all jene, die mir auf meinen Streifzügen in den Sinn gekommen waren – in dieses eiskalte Zimmer, und nährte in meinem Herzen die Hoffnung, dass wenigstens einige davon in jenen Stunden eine Antwort finden könnten. Doch es waren andere Zeiten, und es war verboten, während des Unterrichts zu sprechen – schon gar von den Dingen, die uns im Geist beschäftigten.

Unser Lehrer war ein so großer, so hagerer Priester, dass es, wenn er hin und her ging, aussah, als schlotterte die Kutte um eine Stange. Damals kam er mir alt vor, doch wahrscheinlich war er höchstens vierzig: Wenn er sprach, überfiel ihn oft ein Tick, der seine Lippen verzerrte.

Er hieß Don Mangialupi – Wolfsesser –, und dieser Name regte unsere kindliche Phantasie nicht wenig an. Mit monotoner Stimme erzählte er uns die biblischen Geschichten, sprach vom Leichtsinn Evas, der uns alle in die Sünde gestürzt hatte, vom Turmbau zu Babel, von der Sintflut, von Moses und von Isaak.

Am liebsten von allen Geschichten mochte ich die von Noah – da gab es kaum Menschen und viele Tiere –, und schon dies schien mir Glück verheißend zu sein. In den übrigen Geschichten richteten die Menschen doch nur Unheil an, säten Leid und Tod.

Als ich dann die Geschichte von Abraham und Isaak hörte, lehnte sich alles in mir dagegen auf, sodass ich mich sogar weigerte, die Szene in mein Heft zu zeichnen, wie Don Mangialupi verlangt hatte. »Nein, das mache ich nicht!«, sagte ich laut. »Nein?!«, echote der Priester ungläubig. »Nein!«, wiederholte ich. »Ein so gütiger Gott, der Engel erschafft, kann nicht so böse sein, dass er von einem Vater verlangt, seinen Sohn zu töten.«

Er weigert sich hartnäckig, das Opfer auf dem Berg Morija zu malen, schrieb der Priester daraufhin auf das leer gebliebene Blatt. Beim nächsten Mal sollte ich es wieder mitbringen, unterschrieben von meinen Eltern. »Warum hast du das nicht gemacht?«, fragte meine Mutter. »Darum.« »Du bist genauso stur wie dein Vater«, sagte sie seufzend und unterschrieb.

Mein Unbehagen wuchs, je länger ich den Kommunionsunterricht besuchte. Häufig war Gott in dem illustrierten Buch als Dreieck mit einem Auge darin dargestellt. Dieses Dreieck, betonte Don Mangialupi immer wieder, folgte einem überallhin, wusste stets, was man gerade tat, auch wenn man sich versteckte, es konnte einen immer sehen. »Es ist hässlich, Sachen heimlich zu machen, und dennoch tut man es. Ich bin mir sicher, ihr alle tut es«, sagte der Priester eindringlich.

Dieses Bild Gottes als geometrisches Ereignis stieß mich ab. Dieses Dreieck, das immer über mir war, irritierte und verletzte mich, nirgends konnte ich in seinen spitzen Winkeln eine wie auch immer geartete Form von Liebe erkennen.

Es wurde ein wenig besser, als Christus am Horizont erschien. Die Tatsache, dass er an meinem Lieblingsort geboren war – im Stall –, machte ihn mir gleich sympathisch, und außerdem gefiel es mir, dass er über die Felder wanderte – so wie ich, wenn ich bei den Großeltern war –, dass er stehen blieb, um mit den Leuten zu sprechen, denen er begegnete, dass er zuhören und auch wütend werden konnte; ich beneidete ihn um die Kraft des Zorns, den er bei den Pharisäern im Tempel gezeigt hatte. Mir passierte es oft, dass ich ähnliche Gefühle hegte, doch ob nun wegen meines Charakters oder wegen der genossenen Erziehung, solche Explosionen gab es bei mir nie; kaum fing die Lunte knisternd Feuer, fiel plötzlich von oben ein Regen, löschte den Zünder und machte das Pulver unwirksam.

Welche Beziehung zwischen Jesus und dem allgegenwärtigen Dreieck bestand, hatte mir *die Doktrin* allerdings nicht erklären können.

Einen Monat vor der Erstkommunion wäre es – dank dessen, was Don Mangialupi »meine Unwilligkeit« nannte – beinahe zur Katastrophe gekommen. Am Ende einer zusammenfassenden Unterrichtsstunde, die sich um die Allmacht des Dreiecks mit dem Auge drehte, meldete ich mich.

»Sprich nur, Matteo«, sagte der Priester wohlwollend demokratisch.

»Es ist nicht wahr, dass es allmächtig ist!«, stieß ich hervor. »Wenn es wirklich allmächtig wäre, hätte Gott im Garten Eden Adam nicht gefragt: ›Wo bist du?‹ Wenn ich schon weiß, wo jemand ist, frage ich ihn doch nicht …«

Im Klassenzimmer herrschte verdächtige Stille. »Wer bringt dich auf solche Ideen?«

»Niemand! Die kommen mir von ganz allein.«

Daraufhin wurden meine Eltern einbestellt, und man sagte ihnen, ich sei noch zu unreif, um mich den Sakramenten zu nähern. Meine Mutter musste nicht wenig bitten und betteln, um dieses Veto zu Fall zu bringen, das mir dann noch jahrelang vorgehalten wurde. »Wenn ich nicht gewesen wäre«, sagte meine Mutter ständig, »wärst du nie zur Erstkommunion gegangen.«

Indessen fand der schicksalhafte Tag statt.

Ein Sonntag im Mai voller Licht und Düfte, ich trug ein dunkelblaues Jackett, eine kurze graue Hose, ein Hemd, eine kleine Krawatte mit Gummiband, und in dieser Aufmachung ging ich mit meinen Eltern zur Kirche.

»Wenn Jesus mich wirklich liebt«, fragte ich meine Mutter kurz vorher, während sie mir mit einem nassen Kamm die Haare frisierte, »kann er mich dann nicht einfach so lieben, wie ich immer angezogen bin?«

»Bitte«, zischte meine Mutter mich an, »halt doch ein einziges Mal den Schnabel, und mach ihn erst wieder auf, wenn wir im Restaurant sitzen.«

Ehrlich gesagt, beunruhigten mich das Restaurant, die Geschenke, der Kauf des Anzugs, die ganze Aufregung der vorangegangenen Tage nicht wenig: Wenn an jenem Tag etwas Ungewöhnliches geschehen sollte – und zwar in meinem Inneren –, warum kümmerten sich dann alle nur um Äußerlichkeiten? Ich interessierte mich weder dafür, was wir essen würden, noch für die Geschenke, die ich bekommen würde, noch für die Gruppenfotos. Das Einzige, was mir wirklich am Herzen lag, war zu erfahren, ob mein Leben – wie *die Doktrin* behauptete – von dem Tag an völlig anders sein würde. Schon wochenlang hatte ich in einer Ecke des Balkons geübt, weiche Brotkügelchen, die ich vorher flach drückte, ohne den geringsten Kontakt mit dem Gaumen herunterzuschlucken, und mir schien, als sei ich für die große Begegnung gerüstet.

Was würde passieren, nachdem ich die Hostie gegessen hatte? Würden wir von dem Augenblick an wirklich zu zweit sein? Und wie war es denn möglich, mit zwei Köpfen, zwei Herzen zu leben? Wenn meiner nun dahin wollte und seiner dorthin? Würde es sein wie bei den siamesischen Zwillingen, die ich einmal auf dem Foto gesehen hatte und die mich zutiefst erschreckt hatten? Oder würde dieses Ereignis so sein, wie wenn Mama an Sommermorgen die Fensterläden meines Zimmers aufstieß? Würde mich plötzlich das Licht überfluten?

An der Marmorbalustrade kniend, fühlte ich mein Herz wie verrückt klopfen, während ich wartete, dass ich an die Reihe kam. Als ich dann den Mund öffnete und die Hostie sofort an meinem Gaumen kleben blieb – sie war nämlich kein köstliches Brot, sondern bloß eine schlaffe Oblate! –, empfand ich als Erstes Enttäuschung. Vielleicht jedoch, redete ich mir vertrauensvoll ein, dauert es ein bisschen, bis sie wirkt, vielleicht merke ich ja, dass alles anders ist, sobald ich hinausgehe oder heute Nacht oder morgen früh. Doch auch während des Essens geschah nichts. Ich kniff die Augen zusammen, hielt den Atem an, aber die Dinge blieben, was sie waren – die Tortellini auf dem Teller, die Armbanduhr, der Füllfederhalter und das Messbuch mit dem perlmuttfarbenen Einband, die ich geschenkt bekommen hatte, lagen vor mir in ihrer platten, ausdruckslosen Normalität.

Nur auf dem Heimweg, während ich wie früher, als ich noch klein war, meinen beiden Eltern je eine Hand gab, hatte ich eine Sekunde den Eindruck, zu dem gewohnten Tageslicht sei noch ein weiteres, stärkeres, leuchtenderes, wärmeres hinzugekommen. In jenem Licht war das Gesicht meines Vaters das schönste der Welt, die Lippen meiner Mutter waren entspannt, und ihre Augen lachten wie damals, als sie ein junges Mädchen war. Ich fühlte eine außerordentliche Kraft in mir, ich war ein Riese. Und dieser Riese fürchtete sich vor nichts.

Wenn ich jetzt daran zurückdenke, wird mir klar, dass ich vielleicht in jenem Augenblick unbewusst ganz kurz mit der Welt in Berührung kam, die dir so vertraut war. Für den Bruchteil einer Sekunde hatte ich dasselbe Licht gesehen, das du sahst, doch während du weiter darauf zugingst, hatte ich mich zurückgezogen und mich für das Grau des Alltags entschieden.

Solange ich die Grundschule besuchte, ging ich regelmäßig mit meiner Mutter in die Kirche; jeden Sonntag besuchten wir um elf Uhr die Messe, und am Ende holte uns mein Vater mit einem kleinen Papptablett voller Törtchen für den Nachtisch ab.

Anfangs befolgte ich dieses Ritual vertrauensvoll, doch nach und nach begann mein Vertrauen zu bröckeln, abzustumpfen und sich ins Gegenteil zu verkehren. Ich hörte ständig von Liebe und Güte sprechen, konnte aber diese Liebe und Güte in den Menschen, die mich umgaben, nicht erkennen. Ich hörte von Freude sprechen, sah aber um mich herum nur melancholische und traurige Gesichter.

Mit der Zeit begriff ich, dass der sonntägliche Kirchgang für viele – allen voran meine Mutter – eine reine Konvention war und dass die schönen Worte, denen sie lauschten, nicht den geringsten Einfluss auf ihr Leben hatten. »Der Mensch lebt nicht vom Brot allein«, hatte Jesus gesagt, doch sie schienen tatsächlich nur von Brot zu leben. Von Brot und Törtchen, von schönen Kleidern und Geschwätz, von kleinlichem Neid und kleinlicher Rache.

In meinem Herzen sah es anders aus, mein Herz suchte etwas anderes. Daher begann ich, als ich auf die Mittelschule gekommen war, zu rebellieren.

Als Erstes mied ich den Beichtstuhl, jenes unheimliche Gehäuse, das mich von Anfang an zur Heuchelei gezwungen hatte, weil ich, um irgendetwas zu beichten, Sünden erfinden musste, die ich nicht begangen hatte. Dann besuchte ich weniger häufig die Messe – einmal hatte ich zu viele Hausaufgaben, am nächsten Sonntag einen Geländelauf, am übernächsten heftige Kopfschmerzen. Nach einer Weile schmollte meine Mutter mit mir, eine ihrer Spezialitäten. »Du hast Jesus nicht mehr lieb«, flüsterte sie eines Sonntags mit Opfermiene, während sie das übliche Huhn zerteilte.

»Ganz im Gegenteil, ich komme nicht mehr mit, weil ich ihn lieb habe.«

»Lästere nicht.«

Mein Vater hob die Augen vom Teller, um mich zu verteidigen. »Er lästert nicht. Er legt seinen Standpunkt dar.«

Also sprach ich, während der Mund meiner Mutter immer verkniffener wurde, auf Aufforderung meines Vaters lang und breit über mein Unbehagen, darüber, dass ich, obwohl dauernd von Liebe und Freude die Rede war, diese Freude und diese Liebe nirgends sah, nicht einmal auf ihren Gesichtern, in ihren Gesten; ich wollte nicht so weit kommen, mich gut zu fühlen, nur weil ich einem Armen eine Münze zugesteckt oder Stanniolpapier für die Kinder gesammelt hatte, die in Afrika verhungern.

»Welchen Sinn hat eine gute Tat?«, fuhr ich fort. »Was ist dann mit allen meinen anderen Taten? Entweder ich bin immer gut – und lebe das Gute – oder gar nicht. Entweder ist alles Liebe, oder nichts ist Liebe. Liebe auf Kommando, stückweise Liebe kann es nicht geben. Sie kann nicht sein wie ein Kleidungsstück, das ich anziehe, wann es mir passt.«

Während ich sprach, fühlte ich, wie meine Wangen glühten, zum ersten Mal redete ich wie ein Erwachsener. Mein Vater hörte beifällig zu, meine Mutter dagegen hüllte sich in eisiges Schweigen; sobald wir mit dem Essen fertig waren, begann sie mit lautem, theatralischem Geklapper den Tisch abzuräumen.

Im folgenden Jahr beschloss ich, dass ich Medizin studieren würde wie mein Großvater. Da ich Gott nicht verstehen konnte, wollte ich wenigstens versuchen, den Menschen zu verstehen; und wenn der Schmerz der Welt mir weiterhin unverständlich blieb, wollte ich mich wenigstens bemühen, ihn zu lindern.

12

An jenem Tag war auf den höchsten Gipfeln Schnee gefallen.

Davide hatte noch nie Schnee gesehen: »Schau, da oben die Berge, alles weiß« – ich deutete hinauf. »Das ist Schnee.« »Sie sehen aus, als wären sie mit Puderzucker bestäubte Torten«, fügtest du hinzu.

Wir fuhren auf der Straße, die nach L'Aquila führt. Den Kopf von einer Seite zur anderen bewegend, betrachtete Davide schweigend die Berge; wie die meisten Erstgeborenen – und die meisten Jungen – konnte er erst sehr wenige Wörter sagen, obwohl er schon drei Jahre alt war. »Du quasselst zu viel«, provozierte ich dich oft. »Wie soll er den Raum finden, um ein Wort zu sagen, wenn du nie still bist?« »Dir wäre es wohl lieber, dass ich so eine Mumie würde wie du?«

Diese Sticheleien gehörten zu unserer Familiensprache, es war in ihnen keinerlei Bosheit, keine Bitterkeit; in deiner Welt metaphorischer Bilder verglichst du mich mit einer Mumie – weil ich sehr langsam sprach, dauernd das Bedürfnis spürte zu analysieren, zu schematisieren, vor jeder noch so kleinen Entscheidung das Für und Wider abzuwägen.

»Das kommt von den Jahreszeiten«, sagte ich, um dich zum Lachen zu bringen. »Du wurdest von der Umarmung der Sonne empfangen, ich vom eisigen Winterwind.« »Das ist wahr«, erwidertest du manchmal, entnervt von meiner Langsamkeit. »Du hast Eis in den Adern, und ich fürchte, dass es nicht einmal mir gelingt, dich zu wärmen.« Ich ahnte hinter deinen Worten eine schmerzliche Traurigkeit, die mich sogar drängte, gesprächig zu werden, bloß um sie zu verjagen. Nichts schmerzte mich mehr als dieser Schatten, der sich plötzlich über deinen Blick senken konnte.

Am späten Vormittag trafen wir in dem Dörfchen bei L'Aquila ein. Dein Freund Ettore hatte gerade das Haus der Großeltern fertig renoviert. Er stellte uns seiner Frau vor, die du nicht kanntest, und als du entdecktest, dass sie schwanger war, wart ihr sofort ein Herz und eine Seele.

Davide trippelte gleich in den Garten zu den Katzen mit verschiedenfarbigem Fell, die friedlich in der Sonne schliefen, und während du zu der Frau in die Küche gingst, um dir das Geheimnis der Spaghetti alla chitarra erklären zu lassen, holte ich mit Ettore Holz für den Kamin.

Beim Mittagessen unterhielten wir uns angeregt über das große – und gemeinsame – Abenteuer, Kinder zu haben; sie wollten alles über Davide wissen, ob er die Nacht zum Tag gemacht hatte, ob er gestillt worden war und wie lange, wie das mit dem Abstillen war; bei der klassischen Frage, welches Wort er zuerst gesagt habe, ›Mama‹ oder ›Papa‹, fingen wir alle zu lachen an.

»Davide kann nur drei Wörter«, bekanntest du. »Kessel, Stift und Treppe.«

Das Staunen deiner Freundin war fassungslos: »Gibt es das öfter?«

»Natürlich!«, beruhigtest du sie. »Nur wegen unserer Manie, im Mittelpunkt zu stehen, glauben wir, unsere Namen seien das Wichtigste. Warum soll man Mama rufen, wenn sie danebensteht? Besser den Namen des Dings da zu lernen, das auf dem Herd brodelt ... der Kessel eben.«

»Ihr wirkt nicht wie ängstliche Eltern«, schloss unsere Gastgeberin.

»Warum sollten wir das auch sein?«

Beim Nachtisch kündigtest du an, dass auch Davide bald ein Schwesterchen oder Brüderchen bekommen würde. Zur Feier des Tages holte Ettore eine Flasche Spumante, und wir stießen auf unsere Kinder an.

Nach dem Essen machten wir einen kurzen Spaziergang über die Wiesen am Haus. Davide ritt auf meinen Schultern.

»Katze!«, rief er, als wir in den Garten zurückkehrten, und deutete auf eines der kleinen, in einem Beet ausgestreckten Tiere.

»Da waren es schon vier!«, zolltest du ihm glücklich Beifall.

Die Stunde der Übergabe nahte. Ettore fuhr das Auto aus dem Schuppen und lud dich ein, eine Rundfahrt mit ihm zu machen.

»Bist du überzeugt?«, fragte ich dich bei der Rückkehr.

»Absolut.«

Du hattest leichte Kopfschmerzen und wolltest vor Einbruch der Dunkelheit wieder in Rom sein, deshalb verabschiedeten wir uns wenig später.

Davide wollte mit dir fahren; während du ihn in seiner etwas unförmigen Windjacke hinten im Kindersitz anschnalltest, drehte er sich um, deutete auf mich und sagte: »Papa.«

»Da waren es schon fünf«, kommentierte ich glücklich.

Du saßest schon am Steuer. »Ehrlich gesagt, bin ich ein bisschen neidisch ...«, flüstertest du mir zu.

»Dein Neid wird von kurzer Dauer sein«, beruhigte ich dich, »das sechste ist bestimmt ›Mama‹.«

Ich küsste dich, und wir fuhren los. Ihr vorn, ich hinten, um nicht Gefahr zu laufen, uns zu verlieren, und um dir gleich helfen zu können, falls deine Carolina stehen bleiben sollte.

In den folgenden Tagen, Monaten und Jahren war jener Tag für mich nichts anderes als ein Körper, der seziert werden musste: Ich hielt das Skalpell in der Hand, schnitt und verwahrte alles, was mir bemerkenswert zu sein schien, mit pedantischer Besessenheit in diversen Kühlfächern.

Welche Farbe hatten die Kacheln in der Küche? Und waren die Gläser durchsichtig oder farbig? War deines nicht am Rand leicht angeschlagen, oder war es doch meines?

Und wie viele Katzen schliefen im Garten? Ganz sicher eine rote – die, der Davide nachgelaufen war –, aber auch eine getigerte und eine schwarz-weiße; vielleicht gab es auch noch eine ganz schwarze, die mir entgangen war – vielleicht hatte die die Straße überquert, als du mit Ettore Probe gefahren warst, und du hattest es mir nicht gesagt.

Hattest du das Rezept für die Spaghetti alla chitarra noch aufgeschrieben oder es dir nur gemerkt?

Und hatten wir auf unserem Spaziergang etwa nicht einen schwarzen Vogel im Geäst des großen kahlen Nussbaums landen sehen?

Was war das: ein Rabe, eine Krähe, eine Amsel?

Und hattest du mich an jenem Morgen vor der Abreise nicht aus dem Bad auf eine astrale Konjunktion hingewiesen? Ich hatte nicht darauf geachtet, weil mich so etwas nicht interessierte. Was hattest du gesagt? War »Quadratur« das richtige Wort oder »Opposition«? Und was bedeutete das?

Welche Schuhe hattest du an diesem Tag an? Schuhe, die zum Autofahren geeignet waren, oder diese Art Schlappen, die du gewöhnlich trugst? Warum hatte ich es nicht überprüft? »Du bist ein Fanatiker«, sagtest du zu mir, »was soll das groß ausmachen, ein Schuh ist ein Schuh.«

Um sicher zu sein, dass mir nichts entging, wiederholte ich ständig alles, was wir beim Mittagessen gesprochen hatten: Ich ahmte meine und deine Stimme nach und ließ sie dann nachklingen in der Hoffnung, dass die Stille mir etwas enthüllen werde, das mir entfallen war.

Irgendwann war im Kamin ein Holzscheit explodiert, und Davide hatte sich erschrocken umgedreht, bereit, loszuweinen, doch du hattest ihn lächelnd beruhigt.

Warum hat Davide ausgerechnet an dem Tag zwei neue Wörter gesagt?

Und warum war eines davon ›Papa‹?

Wäre es dasselbe gewesen, wenn er ›Auto‹ gesagt hätte? Oder wollte er mich etwas fragen mit seinem Lächeln voller kleiner Zähnchen?

Jahrelang habe ich in diesem Anatomiesaal gewohnt. Ich versuchte zu verstehen, doch je mehr Zeit verging, umso wirrer wurde alles; die Wissenschaft war bloß eine Ausrede; mich an jenen Tag zu klammern war in Wahrheit der einzige Weg, der mir blieb, um zu überleben.

Es war unser letzter Tag gewesen, und ich hatte ihn gelebt wie jeden anderen – deshalb konnte ich mir nicht erlauben, auch nur die winzigste Einzelheit zu vergessen.

Alles ging unglaublich schnell.

Auf dem großen Viadukt schleuderte dein Auto plötzlich nach links, durchbrach die Leitplanke und verschwand, von der Leere verschluckt.

Wäre ich nicht die Mumie, hätte ich das Einzige getan, was ich hätte tun müssen: das Lenkrad herumreißen und euch in die Tiefe folgen.

Ich bin aber die Mumie.

Daher habe ich den Blinker eingeschaltet, bin an den Rand gefahren, bin ausgestiegen, habe über die Brüstung geschaut, und erst als ich ganz unten an der Böschung die Flammen sah, habe ich geschrien:

»Nein!«

13

An das Gesicht des ersten Autofahrers, der angehalten hat, erinnere ich mich nicht, doch ich erinnere mich an die Ankunft der Straßenpolizei und an das Gesicht eines Polizisten mit rötlichem Schnauzbart, der mich fixierte: »Litt Ihre Frau an Depressionen? Hatten Sie kürzlich gestritten, gab es Unstimmigkeiten?« Ich erinnere mich, dass ich innerlich nach Worten suchte, aber sosehr ich mich auch bemühte, es war, als irrte ich durch ein Archiv – es gab viele Gänge, viele Regale, und nie gelang es mir, das zu finden, was ich suchte; als bewegte ich mich im Dämmerlicht einer großen, leeren Kathedrale – ich hörte meine Schritte hallen, doch deine waren nicht mehr neben mir –, alles dröhnte um mich herum. Es muss dieses Dröhnen gewesen sein, das alles beben ließ; das Beben verwandelte sich in ein Zittern, das ich nicht mehr kontrollieren konnte – ich war nicht mehr ich, sondern ein Kartenhaus, und wie ein Kartenhaus brach ich plötzlich zusammen. Als ich wieder aufwachte, befand ich mich an einem Ort, den ich nicht kannte, und mein

Vater saß neben mir. »Ich habe so gehofft, dass wenigstens du davongekommen bist«, sagte er und umarmte mich.

In meinem Kopf war Nebel. Nebel, Müdigkeit und ein Gefühl der Unwirklichkeit.

Warum war ich da?

Was war passiert?

Ich spürte etwas Bedrohliches um mich herum, begriff aber nicht, was. Erst als mein Vater meine Hand zwischen die seinen nahm und unter Tränen zu mir sagte: »Du musst jetzt tapfer sein, wir müssen tapfer sein«, erst da sah ich plötzlich im Geist den Feuerball wieder vor mir, der unten an der Böschung brannte.

Aus dem Krankenhaus entlassen, musste ich mich um die praktischen Dinge kümmern. Ich sage: »ich musste«, bin mir aber nicht sicher, ob wirklich ich das war. Einer ging auf die Polizei, beantwortete monoton ihre Fragen, ein anderer ging zum Beerdigungsinstitut, wählte, bezahlte, und wieder ein anderer antwortete in gefasstem, vernünftigem Ton: »danke«, als all die Menschen ihm die Hand drückten, ihn umarmten und murmelten: »Mein Beileid ... Wie schrecklich ... Ich bin dir nahe ...«

Nach den Erkenntnissen der Straßenpolizei gab es keinerlei Bremsspuren, und dies sprach deutlich für eine bewusste Handlung. »Wenn Sie wüssten, wie viele«, sagte der Chef der Patrouille bedauernd zu mir, »wie viele diesen Viadukt wählen ...«

Auch Ettore wurde verhört und bewies anhand der

Papiere, dass er das Auto vor dem Verkauf gründlich hatte überholen lassen.

Schwach versuchte ich, immer wieder zu sagen: »Nein, Nora war nicht depressiv. Nein, wir hatten nicht gestritten.« Manche nickten: »Natürlich, natürlich«, sie wollten nur möglichst schnell weg, andere dagegen insistierten: »Die, bei denen man es niemals vermuten würde, die tun es; wer darüber redet, tut es nicht, gerade die, die schweigen, die bringen sich dann um.«

Obwohl alle hartnäckig betonten, was sie für offensichtlich hielten, weigerte ich mich, es zu glauben – du warst in das Leben verliebt, warum hättest du es dir nehmen und es auch deinem Sohn und dem Kind in deinem Bauch vorenthalten sollen?

»Manchmal ist der Selbstmord die Besiegelung eines Augenblicks von höchster Schönheit«, sagte eines Tages ein Freund zu mir, der sich mit orientalischen Dingen beschäftigte.

War es so?

War jener Tag in den Bergen der Abruzzen für dich so erhaben, dass du beschlossen hast, ihn mit deinem Ende und dem Ende deiner Nachkommenschaft zu verewigen?

Und ich, was war ich dann, ein Statist im Hintergrund?

Waren wir etwa nicht – vierzehn lange Jahre – einer des anderen Sinn gewesen?

Und spiegelte sich dieser Sinn nicht in Davide wider und in dem Kind, das du erwartetest und in den anderen Kindern, die uns die Zeit und unsere Liebe noch gewähren würden?

Dieser Zustand sonderbarer Unwirklichkeit verschwand, sobald ich unsere Haustüre aufschloss, nachdem ich einige Tage bei meinen Eltern geblieben war. Niemand hatte die Wohnung seitdem betreten. Wir waren an jenem Tag eilig gegangen und hatten die übliche Unordnung hinterlassen. Auch darin waren wir so verschieden! Ich faltete am Abend meine Kleider ordentlich auf einem Stuhl, während du deine aufeinanderwarfst, bis regelrechte Hügel entstanden. Wenn ich dich mahnte, du seiest zu unordentlich, lächeltest du spöttisch: »Wenn ich tatsächlich unordentlich wäre, würde ich nichts wiederfinden, da ich aber immer alles finde, heißt das, dass ich gar nicht unordentlich bin. Nicht jede Ordnung muss so streng wie beim Militär sein, es gibt auch Phantasieordnungen.«

Deine Phantasieordnung kam mir sofort entgegen. Als Erstes deine Pantoffeln, einer neben der Tür und einer weiter hinten, als hättest du sie im Hinausgehen nacheinander abgeschüttelt; auf dem Sofa das Buch, das du am Vorabend gelesen hattest, und darunter, auf dem Boden, noch sechs oder sieben Bände – für dich waren Bücher wie Pralinen, du probiertest eins und dann noch eins und noch eins, bis du eines gefunden hattest, das dir schmeckte; auf dem Sofa neben dem Buch lagen Davides Pyjama und ein kleiner Handschuh, den wir in der Eile vergessen hatten;

in der Küche standen noch die Reste des Frühstücks auf dem Tisch: ein schlecht verschlossenes Marmeladenglas, die Blechschachtel mit dem Zwieback, Krümel auf der Tischdecke – Tassen und Gläser dagegen waren schon im Spülbecken, du wolltest sie bei der Rückkehr abwaschen.

Die Schlüssel in der Hand, stand ich in der Tür und fand nicht den Mut einzutreten. Was vor mir lag, war eine Mondlandschaft, und ich war der Astronaut, der hergekommen war, um alles zu dokumentieren; es war Pompeji nach dem Vulkanausbruch oder Hiroshima nach der Bombe: Es gab keine Asche und auch keinen Atompilz, dennoch war eine ganze Welt weggefegt worden und hatte nur wenige Spuren zurückgelassen – die Abdrücke, die leeren Hüllen eines Lebens, das einst darin gelebt worden war.

Ich sagte »Nora«, wie immer, wenn ich nach Hause kam, und dein Name löste sich in der Stille der Räume auf. Ich stand an der Tür und roch den Geruch unseres Lebens – den Duft deiner Küche, den Geruch meines und deines Körpers, den staubigen Geruch des Papiers, das du überall aufhäuftest, den zarten Duft von Davides Körper – nach Kinderbad, Pipi und Talkumpuder. Wenn sie mit der Außenluft in Berührung kam, würde diese Mischung aus Gerüchen und Düften bald verfliegen, und von da an wäre es unmöglich, sie wieder herzustellen. Ich war nun allein, ohne eine schützende Höhle, ohne einen Ort, um zurückzukehren.

Der Widerhall der Schritte einer Person, die die Treppe heraufkam, scheuchte mich schließlich in die

Wohnung; ich war müde, erschöpft von der endlosen Wiederholung passender Floskeln. Ich hätte schreien mögen, aber leider entsprach das nicht meinem Wesen.

Auf dem Fußboden seines Zimmers hatte Davide die aufeinandergeschichteten Holzklötzchen liegen gelassen; bauen und das Gebaute wieder umwerfen war in den letzten Monaten seine Leidenschaft gewesen: Ruhig und konzentriert errichtete er einen Turm, zeigte ihn uns und brachte ihn mit seinem Händchen zum Einstürzen. Unentschieden sah ich die Klötzchen eine Weile an, dann stieß ich sie abrupt um. Einmal wollte ich noch das Geräusch hören, wollte mir Davides Lächeln vorstellen – und Geräusch und Lächeln in der tiefsten Tiefe meines Herzens begraben.

Zuletzt ging ich in unser Zimmer. Das Bett war ungemacht, auf dem Kissen sah man noch den Abdruck deines Kopfes; ich legte mich an deinen Platz und schmiegte meinen Kopf zärtlich genau in die Höhlung hinein. »Sag es mir«, bat ich dich immer wieder, »sag mir, warum.« Dann schlief ich ein.

Als ich erwachte, lag die Wohnung im Dunkeln. Aus dem Bad hörte man das Brummen des Boilers, den niemand abgestellt hatte. Ich stand auf und blickte mich um. Ich war ins Schlafzimmer gegangen, um etwas zu suchen, das ich euch in den Sarg mitgeben konnte. Unentschlossen ging ich zwischen deinen Sachen hin und her, du hattest keine Fetische, Gegenstände, an denen du besonders hingst; ein Buch hätte ich nehmen können, aber welches? Und konntest du überhaupt ein Buch brauchen für die Ewigkeit? Erst in der Küche, als ich dein mehlverklebtes Kochbuch sah, kam mir eine Idee. Du hattest immer besonders gern Kuchen und Plätzchen gebacken, »Spielereien«, wie du es nanntest, ein Rinderschmorbraten zum Beispiel war dir dagegen ein Graus. »Wenn du mich dann wirklich liebst«, hattest du einmal scherzhaft gesagt, »wirst du die Kuchen nicht mehr nur essen, sondern auch backen lernen.«

So buk ich an einem Novembernachmittag, während es draußen dunkel war und regnete, den ersten – und einzigen – Kuchen meines Lebens – eine *Torta Paradiso,* deinen Lieblingskuchen. Ungeschickt ahmte ich deine Bewegungen nach – ich wusste weder, dass man das Eigelb vom Eiweiß trennen, noch, dass man das Mehl mit Stärkemehl vermischen musste –, und erst nach vielen Anläufen gelang es mir, den Teig herzustellen. Während der Kuchen dann im Backrohr aufging und goldbraun wurde, saß ich die ganze Zeit davor, sah zu und rauchte eine Zigarette nach der anderen.

Bevor ich mit der Kuchenform unterm Arm losging, schaute ich in Davides Zimmer. Aus den zerwühlten Laken lugte der blaue Schwanz seines Plüschdelfins hervor, ich nahm ihn und streichelte ihm über das lächelnde Maul. Wie oft hatten wir miteinander gespielt, das Bett sei das Meer – ich ahmte die Stimme des Delfins nach, und während Davide mich mit aufgerissenen Augen ansah, erzählte ich Geschichten von

Sirenen, Seesternen, Seepferdchen, sprechenden weisen Schildkröten, als ob es sein Plüschtier wäre, das redete; und wenn der Delfin zuletzt mit einer Verbeugung sagte: »Und auch für heute ist die Geschichte aus«, schüttelte Davide glücklich lächelnd den Kopf, als wollte er sagen: »Nein, nein, sprich weiter.« Dann beugte ich mich über ihn, küsste ihn auf eine Wange, und auf die andere küsste ihn das spitze Maul seines Freundes Delfin.

14

Die überregionalen Zeitungen veröffentlichten nur eine kurze Notiz, doch die Tageszeitung von Ancona widmete uns mehrere Seiten; ein Berichterstatter schrieb nach seiner Teilnahme an der Beerdigung: ›Der Ehemann, versteinert vor Schmerz ...‹ In den folgenden Tagen, während ich ziellos durch die Straßen lief, fielen mir diese Worte wieder ein. Nur jemand, der noch nie einen echten Schmerz empfunden hat, konnte das, was ich empfand, mit einem Stein vergleichen – doch ein Stein ist ja etwas Lebendiges, er kann splittern, zerbrechen, kann die Wärme der Sonne aufnehmen und wieder abgeben. Ich dagegen war in Frost und Schweigen erstarrt. Der Raum, den du in mir eingenommen hattest, war plötzlich leer, und in diese Leere war die Eiseskälte einer endlosen Nacht gedrungen.

Weiterhin begegnete ich Menschen, die versuchten, mich zu trösten, ihre Worte hallten in meinem Kopf nach wie das Echo in einer Grotte. Nur *Mut ... ut ... ut ... ut ... Schrecklich ... ich ... ich ...* All diese Stimmen brachten mich auf, doch ich besaß nicht die nötige Kraft, um sie auf Abstand zu halten.

Daher begann ich, mit dem Auto herumzufahren. Ich brach morgens auf und kehrte abends zurück. »Wohin willst du?«, fragte meine Mutter angstvoll jeden Morgen, wenn sie mich weggehen sah.

»*...u ...u ...u ...*«

»Wann kommst du wieder?«

»*...ieder ...jeder ...ieder ...*«

»Mach keine Dummheiten!«, rief sie mir auf der Treppe nach.

»*...eiten ...eiten ...eiten ...*«

Im Auto gelang es mir, mich zu entspannen. Das Metall war mein Gehäuse, niemand konnte herein, niemand konnte sprechen. Ich allein entschied, wann ich die Türe öffnen und schließen wollte. Ich war eine zweischalige Muschel, ein gepanzerter Bauchfüßler – jemand hatte mich verletzt, und ich öffnete mich mit äußerster Vorsicht, genau so weit es zum Atmen, für die vitalen Funktionen nötig war. Mit leerem Blick und leerem Herzen fuhr ich durch die Straßen; der Frost hatte überall Eiskristalle hinterlassen – in den Augen, an den Händen, auf der Zunge, in den Gelenken. Ich fuhr und wusste, dass aus diesen Wunden nie der schillernde Glanz einer Perle hervorleuchten würde. Ich nahm die Autobahn, fuhr bis San Benedetto del Tronto und dann über die Staatsstraße zurück; oder ich nahm die Via Flaminia nach Umbrien, durchquerte die bewaldeten Täler und kehrte auf der Adriaseite zurück. Manchmal fuhr ich auch nach Norden bis ins Podelta, und verirrte mich in den weißen Straßen, die die Kanäle entlangführten. Ab und zu hielt ich an, stieg aus und rauchte eine Zigarette.

Eines Tages machte ich am Wasserfall von Marmore halt. Genau, als ich dort war, wurde das Wasser – das bis dahin für die Stahlwerke umgeleitet worden war – plötzlich mit schrecklichem Tosen ins Flussbett abgelassen, und ich wurde von einer kalten Wasserdampfwolke eingehüllt. Da kam mir unser Flussspiel wieder in den Sinn. Jetzt waren wir wie dieses Gewässer – ein und derselbe Fluss unter zwei verschiedenen Bedingungen: Ich war das leere Flussbett, und du warst mit deinem freudigen Elan irgendwohin umgeleitet worden; wo du warst, wusste ich nicht, ich wusste jedoch, dass du – im Unterschied zu diesem Wasserfall – nie wieder zurückkehren und in meinem Flussbett schäumen würdest; ohne Wasser würde ich mich bald in eine Art Straße verwandeln, an meinen Rändern würden die Pflanzen nicht mehr üppig sprießen, und das Leben auf dem Grund würde zu einer steinigen Ebene, wo sich, da niemand mehr dort entlangfloss, bald die Brombeeren ansiedeln würden. Und dieses Dornengestrüpp war der einzige Horizont, der vor mir lag.

Meine Eltern lebten in der Angst, dass ich eurem Schicksal folgen wollte, doch es war eine grundlose Angst, denn nie, nicht einen einzigen Augenblick, hatte ich während meiner ziellosen Fahrten daran gedacht, das Steuer herumzureißen und mich irgendwo herunterzustürzen. Eine solche Tat hätte einen wie auch immer gearteten Willen erfordert, und genau der fehlte mir. Ich war vernichtet. Ich fuhr herum, weil ich nicht stillhalten konnte. Natürlich gingen mir Gedanken durch den Kopf, doch es waren eher Meteore denn Gedanken, Leuchtspuren, die in meinem Hirn auftauchten wie Kometen und die, anstatt über dem Stall von Bethlehem innezuhalten, direkt bis zu dem Viadukt weiterzogen und sich dort in ständiger Bewegung neu erschufen. Dort unten brannte der Feuerball eurer Körper, jener Feuerball, der meine Vergangenheit und meine Zukunft in eine Rauchsäule verwandelt hatte, und der Rauch hatte die unauslotbare Tiefe eines schwarzen Loches – jede Vision, jedes Gefühl verschwand darin, wie von einem gesichtslosen Ungeheuer verschluckt.

Am Abend zu Hause ging es nicht besser. Meine Mutter wiederholte mit Leidensmiene: »Iss ... *iss ... iss ...*« Sie kochte meine Lieblingsgerichte aus der Kindheit und sah bekümmert zu, wie sie auf dem Teller erkalteten, während mein Vater, im Sofa versunken, dem Fernseher lauschte.

In einer Ecke des Wohnzimmers stand noch ein Behälter mit Davides Spielsachen – Bauklötzchen, Buntstifte, das Feuerwehrauto mit Sirene, das er so gern durch die Küche hatte rasen lassen.

»Man muss sich damit abfinden«, sagte mein Vater schließlich eines Abends. »Irgendwann muss man seinen Frieden mit den Dingen machen.«

Der Satz traf mich wie ein elektrischer Schlag. Ich

sprang auf, trat nach Davides Spielzeug: »Es gibt keinen Frieden! Es gibt keinen Frieden!«, brüllte ich außer mir.

Als ich erschöpft auf das Sofa sank, nahm mein Vater meine Hand zwischen die seinen.

»Weine«, sagte er zartfühlend. »Versuch wenigstens zu weinen.«

Doch meine Augen waren trocken, die Hornhäute knisterten wie Reisig bei einem Brand.

»Ich glaube, es ist besser, wenn du wieder arbeiten gehst«, sagte er nach einem Monat dieses Lebens zu mir, während wir auf dem Balkon der Ankunft der Adriatica-Fähre aus Durazzo lauschten.

»Ja, das glaube ich auch«, antwortete ich, während das Schiff mit seinem ockerfarbenen Bug in den Hafen einlief.

Am Abend vor meiner Abreise hatte meine Mutter, ohne mir Bescheid zu sagen, einen befreundeten Priester zum Essen eingeladen. Er war um die vierzig und nicht einmal unsympathisch, doch ich schwieg trotzdem die ganze Zeit – sie unterhielten sich über dieses und jenes, und ich betrachtete sie, ohne zuzuhören.

»Warum macht ihr nicht einen Spaziergang, ihr zwei?«, schlug meine Mutter nach dem Espresso vor. Sie sagte es, als wäre ich ein verschüchterter Bub mit seiner ersten Liebe.

»Eine gute Idee«, lächelte Don Marco. »Das fördert die Verdauung.«

Willenlos nahm ich meine Jacke und folgte ihm.

Die Luft draußen war kalt, das Meer kräuselte sich um viele winzige Wellen, vom anderen Ufer der Adria kamen die letzten Böen der nun schon müden Bora. Eine Weile gingen wir schweigend nebeneinander, die Hände in den Taschen. »Ihre Mutter möchte, dass ich mit Ihnen spreche«, begann der Pfarrer, »aber mir wäre es lieber, wenn Sie zuerst sprächen.«

»Ich habe nichts zu sagen«, erwiderte ich, mir eine Zigarette anzündend. »Oder eines vielleicht doch. Sie hat sich nicht umgebracht.«

»Was gibt Ihnen diese Sicherheit?«

»Sie liebte das Leben. Sie war das Leben, und ein neues Leben wuchs in ihr heran.«

Don Marco seufzte. »Wenn es so ist, wird alles noch schwerer.«

»Wie meinen Sie das?«

»Dann handelt es sich nicht mehr um Willen, sondern um die Blindheit des Schicksals. An einem bestimmten Punkt saust das Beil herunter und ...«

»Und trifft mitten hinein ...«, schloss ich.

»Und es stellt sich keine Fragen, blickt niemandem ins Gesicht. Es wäre schön, es dirigieren zu können, sich vorzumachen, dass es eine Auswahl gäbe – es saust herab und schneidet den Bösewichtern den Lebensfaden ab, den Müden, den Kranken ... O nein, es saust herab und zerstört die Gerechten, die jungen Menschen, die Starken, die, die ins Leben verliebt sind. Dagegen kann man nur rebellieren.«

»Ich dachte, das Wort ›Rebellion‹ würde nicht zu einem Priester passen.«

»Priester sind Menschen, und Rebellion ist ein Wort, das zu den Menschen passt. Es ist unmöglich, unschuldigen Schmerz mitanzusehen und gleichgültig zu bleiben.«

»Und wie kann ich denn jetzt noch rebellieren?«, fragte ich mutlos. »Es ist schon alles geschehen.«

»Drängen Sie Ihn, lassen Sie Ihm keine Ruhe, fordern Sie eine Antwort.«

»Selbst wenn ich eine bekäme, was würde mir das nützen? Mein Leben ist sowieso zerstört.«

»Das Leben, das Sie kannten, ist zu Ende, aber Sie sind lebendig und jung, Sie wissen nicht, wie viele Horizonte sich noch vor Ihnen auftun können.«

»Mein Horizont war Nora, mein Horizont war Davide.«

»Aber Nora ist doch bei Ihnen und Ihr Kind auch. Die Macht der Liebe überwindet die Zerbrechlichkeit unseres Zustands.«

Schweigend gingen wir weiter.

Ein Teil von mir wollte schreien: »Das glaube ich nicht! Sie sind in diesem Feuer, sie sind in diesen armen Knochenresten«, während der andere Teil sagte: »Was machen Sie jetzt, versuchen Sie, mich zu trösten?«

»Es gibt keinen menschlichen Trost für das, was Sie durchgemacht haben. Das wäre, als wollte man eine klaffende Wunde mit einem Pflaster heilen.«

»Also, was nutzt dann Ihr Geschwätz?«

»Geschwätz nutzt nie etwas.«

Wir hatten die Runde beendet und standen wieder

vor dem Haus meiner Eltern. »Denken Sie an das Lamm«, sagte Don Marco zum Abschied zu mir. »Die unschuldigen Toten trägt das Lamm alle auf seinen Schultern.«

15

In den ersten Jahren hier oben habe ich in absoluter Einsamkeit gelebt. Wenn ein Wanderer die Absicht zeigte zu rasten, gab ich ihm zu verstehen, dass es nicht erwünscht sei. Den physischen Raum gab es – ein Stockbett in dem Kämmerchen hinter der Küche –, was fehlte, war der Raum in meinem Herzen. Ich war auf dem Weg der Genesung, meine Wunden waren gerade erst vernarbt, eine abrupte Bewegung hätte genügt, um sie wieder aufzureißen. Deshalb musste ich mich still und stumm in meiner schützenden Höhle verkriechen, um wieder zu Kräften zu kommen. Mit der Zeit änderten sich die Dinge, die Stille mit ihrer wundertätigen Kraft weckte allmählich wieder den Wunsch in mir, anderen Menschen zu begegnen.

Wenn jetzt jemand ein paar Tage hier einkehren will, nehme ich ihn gerne auf. Manche mögen meine Lebensart sofort, andere dagegen wünschen sie sich, halten aber nur wenige Stunden aus. Mit von Schlaf und Beunruhigung gezeichneten Augen teilen sie mir mit, plötzliche Verpflichtungen zwängen sie, wieder aufzubrechen.

Natürlich weiß ich, dass ihre einzige wahre Verpflichtung die Angst ist, jenes Gefühl von Unsicherheit und Ungewissheit, durch das sie sich hier in der Einsamkeit plötzlich ihrem eigenen Leben entfremdet fühlen. Plötzlich sehen sie sich, und da sie nicht recht wissen, wer sie sind, fürchten sie sich. Deswegen müssen sie zurückeilen, sich ins spiegelnde Getümmel stürzen, müssen lachen, tanzen, zusammen mit den anderen Lärm machen, das Gespenst auslöschen, das sie mit seinem Blick voller Fragen verfolgt: ›Wer bist du?‹ ›Geh weg! Reiße mich nicht aus der Betäubung, in der ich meine Tage vergeude.‹

In der ersten Zeit unseres gemeinsamen Lebens verwunderte mich eine Gewohnheit von dir, die ich nicht kannte – jeden Morgen nach dem Frühstück zogst du dich ins Schlafzimmer zurück und wolltest dort eine halbe Stunde nicht gestört werden. Anfangs hänselte ich dich: »Bestimmt legst du dich noch einmal hin und schläfst.« Anstatt mir zu antworten, sahst du mich mit einem Lächeln an, das rätselhafter war als das der Mona Lisa.

Dann wurde ich eifersüchtig – wie war es möglich, dass es etwas gab, das du nicht mit mir teilen wolltest, aus welchem Grund musste ich immer an der Schwelle zurückbleiben? Ich versuchte auch, dich mit praktischen Ausreden abzulenken. »Wir sind hiermit oder damit im Verzug ... es ist zu unordentlich ... Wir sind schon zu spät dran, wie kannst du da noch mehr Zeit vergeuden?«

»Wer sagt dir denn, dass ich sie vergeude?«, antwortetest du unbeirrbar, indem du leise die Tür hinter dir zumachtest.

Nur einmal, bei einer Bergwanderung auf der Maiella, spieltest du kurz darauf an. Wir saßen auf dem Gipfelplateau, Davide war noch nicht geboren, und auf einmal zeigtest du auf das blaue Glitzern des Meeres vor uns, die Wolken am Himmel und die Felsen, die uns umgaben. »Siehst du, wenn man mit dem Ewigen spricht, vergeudet man nie seine Zeit.«

Während ich die Verpflegung aus dem Rucksack holte, ließest du dich mit einem glücklichen Seufzer nach hinten fallen, um mit Blick auf den Himmel eines deiner Lieblingsgedichte zu zitieren:

Ich glaube, ein Grasblatt ist nicht geringer als das
Tagwerk der Sterne,
Und die Emse ist ebenso vollkommen, und ein Sandkorn
und das Ei des Zaunkönigs,
Und die Baumkröte ist ein Chef-d'œuvre vor
dem Höchsten,
Und die rankende Brombeere würde die Vorhallen
des Himmels schmücken,
Und das schmalste Gelenk meiner Hand spottet aller
Maschinen,
Und die Kuh, die mit gesenktem Kopf käut, übertrifft
alle Standbilder,

Und eine Maus ist Wunders genug, Sextillionen
von Ungläubigen wankend zu machen.

Die Worte hingen noch eine Weile in der Luft, dann aßen wir schweigend, begleitet vom Sausen des Windes.

Erst auf dem Rückweg wurde der Zauber gebrochen, als plötzlich in der Stille des Buchenhains eine Motorsäge kreischte.

Das Buch von Walt Whitman ist eines der wenigen Dinge von dir, die ich mit hier heraufgebracht habe, unterdessen ist es vergilbt, viele Seiten sind abgegriffen – denn du liebtest es, Gedichte auswendig zu lernen. »Ich will eine ganze Bibliothek im Kopf haben«, wiederholtest du oft, während du übtest, »sonst lasse ich mich zuletzt noch davon überzeugen, dass die Welt nur aus Schlafen, Essen, Vögeln und Sterben besteht.«

»Und was ist daran schlecht? Machen wir das nicht auch alles?«, fragte ich dich.

»Was das angeht, so machen es auch die Hunde, die Amseln, die Orang-Utans. Von den Reptilien aufwärts ist jedes Leben eintönig.«

»Ja, und das heißt?«

»Also müssen wir lernen, das Filigrane zu sehen, das, was sich im geheimsten Teil der Tage verbirgt.«

»Und für die Hunde ist es nicht so?«

»Die Hunde brauchen es nicht. Genauso wenig wie die Grashalme, die Zaunkönige oder die Baumkröten.

Sie alle leben sowieso im Fluss der Weisheit. Nur wir müssen noch danach suchen.«

In all den Jahren unserer Beziehung habe ich mich nie gefragt, was du wohl an mir fändest – du liebtest mich, ich liebte dich, und das machte jede weitere Frage überflüssig. Auch als der Schmerz noch außerordentlich lebendig war, habe ich es mich nicht gefragt, das Beil hatte mich gespalten, aber die Hälfte, die fehlte, war immer noch ein Teil von mir. Fragen tauchten erst auf, als der Sturm sich zu legen begann und das Meer sich in einen See verwandelte. Wenn ich mich spiegelte, sah ich die Algen träge schwanken, und zwischen den Algen erschien mein Gesicht – ein erstauntes Gesicht, es gab so viele Dinge, die ich verstehen wollte.

Du sprachst mit dem Ewigen, und ich?

Ich war ein langweiliger, vorhersehbarer Ehemann ohne den geringsten Geistesblitz. Ich dachte an meine Arbeit, an die praktischen Dinge, an die Hypothek, die ich aufnehmen wollte, um eine Wohnung zu kaufen, und an die Hausversammlungen, in denen ich mich streiten musste. Die ersten Jahre arbeitete ich in der Notaufnahme, und dieses tägliche Eintauchen in den Schmerz hielt mich von jeder Art von Poesie fern. Ich war dir dankbar für das, was du mir botest – nach Hause zu kommen war wie Balsam, doch von mir aus hätte ich nicht auch nur einen einzigen Vers schätzen können. Wenn du nicht gewesen wärst, hätte ich mich wahrscheinlich mit einem Glas Whisky aufs Sofa fallen lassen.

Als ich dann nur noch als Kardiologe arbeitete, verengte sich mein Horizont noch weiter. Ich eilte hierhin und dorthin, um Fortbildungen und Tagungen zu besuchen – in jenen Jahren entwickelte sich die Technologie auf meinem Gebiet in Riesenschritten. Manchmal kehrte ich richtig euphorisch zurück und schilderte dir bei Tisch haarklein die außerordentlichen diagnostischen Vorzüge des neuesten Apparats oder mit welcher Routine man inzwischen kranke Herzklappen durch künstliche oder von Tieren stammende ersetzte. Du warst neugierig und hörtest mit großem Interesse zu. Eines Abends fragtest du mich, von welchem Tier denn das Gewebe für die Herzklappen stamme. »Vom Schwein«, antwortete ich. »Es besteht eine große Affinität zwischen Schwein und Mensch, und deshalb gibt es weniger Abstoßungsprobleme.«

Du fingst an zu lachen. »Also sind wir keine Affen, sondern Schweine, und das hier« – du strichst mir über den Arm – »sind vermutlich keine Härchen, sondern Borsten …«

Daraufhin begann ich zu grunzen, während Davide in seinem Kinderstühlchen begeistert in die Hände klatschte. Er liebte die Tiere vom Bauernhof. So musste ich nach dem Schwein auch den Hahn machen und nach dem Hahn den Hund und die Katze. Dir waren Kuh und Kaninchen zugefallen, und danach, beim Piepsen des Kükens, war es dir gelungen, Davide den Mund aufsperren zu lassen und einen Löffel voll Grießbrei hineinschweben zu lassen, der auf dem Teller kalt wurde.

Später, als Davide schon schlief und wir uns auf dem Sofa entspannten, hast du dich zu mir gedreht und gefragt: »Meinst du, es ist möglich, dass man eines Tages so weit kommt, das ganze Herz durch ein Schweineherz zu ersetzen?«

Ich dachte einen Augenblick darüber nach: »Wahrscheinlich wird es früher oder später so etwas geben – vielleicht ein modifiziertes Schweineherz oder ein künstliches Herz.«

Ein Schatten huschte über dein Gesicht, du griffst nach meiner Hand und legtest sie auf dein Herz.

»Versprich mir eines«, sagtest du flüsternd, »versprich mir, dass du, selbst wenn ich es bräuchte, nie so etwas mit mir machst, dass du nie mein Herz herausnehmen und stattdessen ein Schweineherz einsetzen wirst.«

Zart entzog ich dir die Hand. »Nein, das kann ich dir nicht versprechen«, antwortete ich, dir tief in die Augen blickend. »Wenn dein Leben in Gefahr wäre, würde ich dir auch das Herz einer Giraffe einpflanzen.«

Du nahmst erneut meine Hand. »Tu's nicht, Matteo«, wiederholtest du, »tu's nicht, ich bitte dich. Wenn es eines Tages so weit kommen sollte, lass mich gehen, Matteo.«

Selten benutztest du meinen Taufnamen, während ich deinen ständig im Munde führte. Der Name schwebte zwischen uns wie eine schmale Seilbrücke.

»Aber wenn …«, versuchte ich einzuwenden.

Du legtest mir den Zeigefinger auf die Lippen.

»Psstt«, machtest du kaum vernehmbar. »Fürchte nichts, es wird noch eine andere Zeit zum Zusammensein geben.«

Dann kehrte unvermittelt deine fröhliche Heiterkeit zurück, du griffst nach einem Kissen und warfst es mir ins Gesicht. »Die Wahrheit ist, dass du mich gern in eine Sau verwandeln möchtest!«

»Eine Sau? Unbedingt!«, erwiderte ich und setzte mich mit einem anderen Kissen zur Wehr. »Was ist schlecht daran, eine Sau zu begehren? Du hast doch gesagt, ich hätte Borsten, oder? Also?«

In jener Nacht haben wir uns lange und schweigend geliebt, in eine Vorsicht gehüllt, die uns bis dahin fremd war. Da gab es uns beide und rund herum die Nacht, und diese Nacht enthielt alle Nächte – die Nacht meines Herzens und des deinen, die Nacht, in der wir gezeugt wurden, und die, in der wir unser Kind gezeugt hatten, und auch die größere, geheimnisvolle Nacht, die – unvermutet – unseren letzten Atemzug in sich aufnehmen würde.

In diesen Augenblicken lag das Grundmuster des Lebens offen und bot uns das wehrlose Gesicht seiner Zerbrechlichkeit dar. Deshalb bewegten wir uns leise, atmeten leise und flüsterten einander noch leiser zu: »Ich liebe dich ...«

16

Gestern war die letzte Nacht des Jahres.

Ich habe mich auf die Bank vor dem Stall gesetzt und dem Feuerwerk zugesehen, das das Tal erhellte.

Einige Kracher waren sehr laut, und die Schafe blökten unruhig bei dem Lärm, und die Vögel flogen mitten in der Nacht plötzlich auf. Ein Jahr beging ich den Fehler, im Bett zu bleiben, und wurde von der gleichen Aufregung erfasst, die Schafe und Vögel packt – die Dunkelheit wurde ständig von Zischen, Pfeifen und Detonationen durchbrochen, die Luft rundum bebte, und es lag keine Freude in diesem Beben, sondern eher Düsterkeit, Angst, ein Gefühl nahenden Todes. Deshalb gehe ich nun, wenn es Feuerwerk gibt, hinaus und schaue zu – die Leuchtstreifen zu sehen dämpft wenigstens teilweise die Urangst vor diesen Explosionen.

Du mochtest Silvesterfeiern gar nicht. Einmal, als ich dich gebeten hatte, mich auf ein Fest von Kollegen zu begleiten, schwiegst du den ganzen Abend. Beim Heimkommen, noch mit Konfetti bestreut, habe ich dich angegriffen: »Du hättest wenigstens so tun können, als ob du dich amüsierst!«

»Das hätte ich gerne getan, aber es ist mir nicht gelungen«, hast du mir verzagt geantwortet.

Genauso verhasst war dir die Karnevalsstimmung. Jedes Jahr wurden wir pünktlich wieder zu Kostümabenden eingeladen, und manchmal versuchte ich, es dir schmackhaft zu machen: »Wir könnten uns als Kaninchen verkleiden«, schlug ich vor, »oder als alte Ägypter.« Du runzeltest skeptisch die Stirn. »Aber du maskierst dich doch selber nicht gern.«

»Ja, das stimmt, aber ich versuche zu vermitteln. Ich finde es nicht nett, immer Nein zu sagen, immer als Spielverderber dazustehen. Wer weiß, vielleicht amüsieren wir uns dieses Mal ja.«

»Die Leute amüsieren sich nur, weil sie sich mit Alkohol aufputschen, wenn es nur Fruchtsaft gäbe, würde einem sofort klar, wie blöd man ist mit diesen Lumpen am Leib.«

Manchmal konnte ich deine Unnachgiebigkeit nicht teilen. Ich hatte eine Arbeit und daher eine Reihe von Beziehungen, die es zu pflegen galt, außerdem mochte ich auch nicht unhöflich sein. »Du kannst nur den ganzen Tag hier mit Pappmaschee herumspielen und gratis Kinderbetreuung machen, weil ich mich so lange im Krankenhaus abrackere, und du weißt nicht, wie oft ich da Ja sagen muss, auch wenn es mir gar nicht passt.«

»Wirfst du mir irgendwas vor?«, fragtest du, plötzlich erstarrt.

»Nein, ich sage bloß, wie es ist«, antwortete ich weniger heftig.

»Und das fängt an, dich zu belasten?« In deinem Blick lag eine Strenge, die mich einschüchterte.

»Nein, warum sagst du so etwas?«

»Erinnerst du dich nicht an unsere Abmachung?«

Selbstverständlich erinnerte ich mich daran, wir hatten sie im Auto getroffen, auf dem Weg zu unserer Hochzeit – du hattest ein Kirchlein auf den Hügeln im Hinterland ausgesucht, die Gäste füllten kaum die ersten Reihen.

Als du von Heiraten sprachst, war ich, ehrlich gesagt, überhaupt nicht begeistert. »Wozu?«, fragte ich dich. »Reicht unser Gefühl nicht?« Es kam mir lächerlich vor, sich einer Zeremonie zu unterziehen, deren Sinn ich nicht verstand, doch du warst so schlau, eines Sonntags beim Mittagessen bei meinen Eltern darüber zu sprechen. Meine Mutter war sofort Feuer und Flamme, und auch mein Vater wirkte gar nicht abgeneigt. An diesem Punkt entglitt mir die Sache vollkommen und verwandelte sich in eine hinter meinem Rücken ausgehandelte Frauenintrige. Monatelang hatte das Ereignis unseren Müttern neuen Schwung verliehen – es herrschte ein reger Austausch von Telefonaten, Absprachen, Ratschlägen.

Gewiss, meine Mutter hätte sich etwas Prunkvolleres gewünscht, etwas gesellschaftlich Bedeutenderes, doch zuletzt gab sie sich auch mit dem einsamen Kirchlein zufrieden. Alles war besser als das verabscheute Standesamt, das in jenen Jahren so groß in Mode war, oder, noch schlimmer, ein formloses Zusammenleben ohne Trauschein.

Einige Tage vor der Hochzeit wurde ich von Skrupeln geplagt. »Ich komme mir unehrlich vor«, sagte ich zu dir, »ich tue diesen Schritt nur dir zuliebe, für den Familienfrieden, damit meine bigotte Mutter glücklich ist, aber ich bin nicht bigott, und ...«

»Ich bin auch nicht bigott!«, erwidertest du energisch, um dann kokett hinzuzufügen: »Wieso? Hast du schon eine, mit der du mich ersetzen willst?«

»Wie kommst du denn darauf? Ich werde dich immer lieben! Nur ... siehst du ... ich habe halt kein gutes Verhältnis zu Gott.«

»Wenn's nur das ist, ich streite auch oft mit ihm.«

»... ich glaube einfach nicht an ihn, und deswegen habe ich keine Lust auf so eine Posse.«

Da griffst du nach meiner Hand und begannst wie eine Wahrsagerin, mit dem Finger meine Handlinien zu erkunden. »Nun ... hm ... mal sehen ... aha ... Hier sieht es aus, als würdest du nur eine einzige Frau im Leben lieben und ...«

»... und?«

»Glaubst du wirklich an diese Liebe?«

»Nora, du bist mein ganzes Leben!«, protestierte ich, indem ich dich umarmte. Daraufhin nähertest du deinen Mund meinem Ohr: »Dann glaubt Er vielleicht doch ein bisschen an dich.«

Nachdem wir den Mercedes mit Chauffeur – der meiner Mutter so sehr am Herzen lag – abgelehnt hatten, fuhren wir mit meiner beigen Dyane zu der Kirche. Bevor wir aus dem Haus gingen – wir lebten schon einige Zeit zusammen –, zwangst du mich noch, die rote Fliege wieder abzunehmen, die ich voller Stolz angelegt hatte – vielleicht als unbewusstes Zeichen des Protests. »Du weißt doch, dass dein Vater diese Farbe hasst«, sagtest du. Und als ich wie ein Idiot leichtfertig antwortete: »Er sieht es ja sowieso nicht ...«, durchbohrtest du mich mit einem Blick, an den ich mich noch heute erinnere.

Auf der Landstraße warst du es, die das Schweigen im Auto brach. »Der Pfarrer wird alles Mögliche sagen, aber vorher musst du mir etwas versprechen.«

»Was denn? Dass ich dir jeden Morgen den Kaffee ans Bett bringe?«

»Ich mache keine Witze.«

»Also?«

»Versprich mir, dass wir uns nie etwas vorwerfen werden.«

»Ist dir das so wichtig?«

»Ja, sehr.«

Daraufhin hob ich die Hand vom Lenkrad und sagte feierlich: »Ich verspreche es!«

Schließlich erreichten wir die Kirche. Mein Vater erwartete dich an der Tür. Da dein Vater fehlte, wollte er dich zum Altar geleiten, und er tat es ohne Stock, ging aufrecht und sicher, als sähe er jeden Zentimeter vor sich. Von allem, was der Pfarrer sagte, hörte ich kein einziges Wort. In der ersten Reihe, direkt hinter mir, saß meine Mutter, und alles, was ich vernahm, war ihr ununterbrochenes Schniefen. Schon als sie aus dem Auto gestiegen war, hatte sie feuchte Augen, und schon bei den ersten Klängen des Hochzeitsmarsches hatte sich diese Feuchte in ein unaufhaltsames Weinen verwandelt, das mich schrecklich störte. Am liebsten hätte ich mich umgedreht und gesagt: »Schluss jetzt! Hör auf! Da gibt's nichts zu weinen!«

Ich muss dir gestehen, dass ich zerstreut »Ja« gesagt habe. Erst als ich dir den Ring an den Finger steckte, wich meine Stumpfheit auf einmal – auf deinem Gesicht leuchtete ein außergewöhnliches Licht. Bis dahin war mir nie aufgefallen, wie glatt, wie fein deine Haut war, nie hatte ich bemerkt, dass eine Sonne in dir war und dass diese Sonne ungehindert aus deinen Augen strahlte.

Zu jenem ersten Verstoß gegen unsere Abmachung – uns nie etwas vorzuwerfen – kam es, einige Monate bevor Davide gezeugt wurde. Die Schwangerschaft katapultierte uns in eine neue Welt, und vielleicht ereigneten sich deshalb keine Zusammenstöße dieser Tragweite mehr. Dennoch hat dich dieser erste – und einzige – Fehltritt meinerseits tagelang beschäftigt. »Wenn man sich Vorwürfe macht«, wiederholtest du, verstört durch die Wohnung wandernd, »ist man in der Beziehung nicht mehr zu zweit, sondern zu dritt – du, ich und der Wurm, der begonnen hat, an unserer Geschichte zu nagen. In der Materie verborgen, arbeiten die Würmer in aller Stille«, sagtest du, »jahrelang höhlen sie Gänge aus, und abgesehen von wenigen winzigen Anzeichen merkst du nichts. Dann stellst du eines Tages eine Tasse auf den Tisch, und das Holz gibt nach, bricht ein, im Nu verwandelt sich die feste Fläche, die du kanntest, in einen Haufen weiches Sägemehl.«

In all den Jahren, während ich an dich dachte und den Geschichten der Leute lauschte, die hier heraufkommen, ist mir bewusst geworden, dass es nichts Schwierigeres gibt, als nebeneinanderzugehen. Erinnerst du dich an unsere Bergtouren? Seite an Seite brachen wir auf, dann, irgendwann, ließ ich dich unwillkürlich hinter mir und ging voraus. Ich verlangsamte erst, wenn ich dich rufen hörte: »Ich habe es satt, mit deinem Rücken zu sprechen!« Dann ging ich wieder neben dir und strengte mich an, meinen Schritt dem deinen anzupassen. »Langsam ...«, mahntest du mich immer wieder. »Was kann ich dafür, dass ich längere Beine habe als du?«, erwiderte ich dann.

So ist es auch mit den Begegnungen; an einem bestimmten Punkt des Lebens sieht man sich, fühlt sich angezogen, ist überzeugt, füreinander geschaffen zu sein, und genau diese Empfindung lässt die Beziehung enger werden. Anfangs denkt man, diese Überzeugung besitze die gleiche Kohäsionskraft wie Zement, erst mit der Zeit wird uns klar, dass das, was uns zusammenhält, nachgibt wie ein Gummiband. Es gab ein ›du‹ vor mir und ein ›ich‹ vor dir, und dieses ›du‹ und dieses ›ich‹ waren unterschiedliche Wege gegangen, und häufig sind es gerade diese Wege, die einen irgendwann wieder unwiderstehlich verlocken. Für die Außergewöhnlichkeit, die du in unserem Alltagsleben erkanntest, blieb ich relativ blind. Sie amüsierte mich, lenkte mich ab, ich nutzte das Licht, das du mir schicktest, doch nie, nicht einen einzigen Augenblick, dachte ich darüber nach, dass ich meinen Schritt irgendwie mit dem deinen in Einklang bringen müsste. Wir waren verschieden, und es schien mir wichtig zu sein, diese Verschiedenheit zu erhalten. Ich hatte meine Individualität und du deine – sich nicht gegenseitig auszulöschen empfand ich als ein Zeichen von Reife. Erst nach und nach, erst als ich allein geblieben war, begriff ich, dass Sichauslöschen und Nebeneinandergehen zwei gänzlich verschiedene Dinge sind.

Trotz deiner scheinbaren Zerbrechlichkeit besaßest du eine innere Reife, die meiner weit überlegen war. Ich hatte die Gewissheit der praktischen Dinge, und diese Gewissheit grenzte manchmal an Arroganz. Du dagegen bewegtest dich mit Leichtigkeit, doch ohne jede Spur von Unentschlossenheit. Obwohl du zerstreut wirktest, wusstest du genau, wohin du wolltest. Um dir wirklich zuzuhören, hätte ich demütig sein müssen – ein Gefühl, das ich damals noch nicht kannte.

Deshalb überrasche ich mich oft bei dem Gedanken – viele Jahre nachdem ihr mich verlassen hattet –, dass sich unsere Wege wahrscheinlich eines Tages getrennt hätten. Du wärst mit deinem regelmäßigen Schritt weiter auf das Ziel zugegangen – die Zuflucht, den Gipfel, den Polarstern, der alle deine Gedanken leitete –, und ich, da ich nichts von dem sah, was du sahst, hätte irgendwann angefangen, mich zu langweilen. Die Langeweile hätte den Wunsch nach Ablenkung hervorgebracht, deshalb hätte ich früher oder später an einer Gabelung zu dir gesagt: »Ich bin neugierig, wo dieser Weg hinführt, geh ruhig voraus, ich komme später nach.« Doch an einer Abzweigung wäre ich auf einen Feldweg geraten und danach auf einen steilen Pfad – den vielleicht einige Gämsen ausgetreten hatten –, und auch der wäre mir interessant erschienen, also wäre ich weiter und weiter gegangen, und fast unmerklich und rasch hätte sich die Nacht des Nicht-mehr-Zurückkönnens über meine Schritte gesenkt. Natürlich hättest du auch umkehren und anhalten können, um mir am Himmel jenen Stern zu zeigen, den ich nicht sehen konnte. Das hättest du tun können, und bestimmt hättest du es auch getan, wenn ich offene Ohren und offene Augen gehabt hätte. Du hättest es getan, wenn ich zugänglicher gewesen wäre, wenn du – anstelle des Arztes, der jeden Herzschlag kontrollieren konnte – den kleinen Jungen vor dir gehabt hättest, der sich in die Felder legte, den Himmel beobachtete und staunte, jenen kleinen Jungen, der die Wolken betrachtete und sich fragte: »Gibt es die Seele? Was ist das? Woher kommt sie? Wohin geht sie?«

17

Ich kehrte nach Rom zurück, zog in ein möbliertes Appartement in der Nähe des Krankenhauses und fing wieder an zu arbeiten. Scheinbar war mein Leben so wie immer – ich lächelte über die Witze der Kollegen, und ab und zu gelang es mir sogar, selbst einen zu machen. Natürlich handelte es sich um ein Tarnverhalten, nicht unähnlich dem, das Tiere anwenden, um dem Blick eines Räubers zu entgehen. Die Maske des Arztes bewegte sich ungerührt durch die Flure, tröstete die Patienten, erfüllte ihre Pflichten mit absoluter Effizienz, aber es war eben eine Maske. Der wahre Matteo war nicht mehr da. Der wahre Matteo hatte sich seit jenem Sonntagnachmittag in einen Turmspringer verwandelt. Er stand dort auf dem federnden Sprungbrett, mit angespannten Muskeln und konzentriertem Blick, und schwang die Arme rhythmisch vor und zurück, sprungbereit – doch unten war kein Wasser, sondern nur der dunkle, gähnende Abgrund. Der Raum, den du in mir bewohnt hattest, war nun leer, hohl wie der Schildkrötenpanzer, wenn der Tod das Tier auflöst, das darin gewohnt hat. Alles, was ich konnte, war hineinschauen, mit dem Blick den Umfang ausloten, Worte sagen, auch schreien, und dann stehen bleiben und dem Echo lauschen.

In der ersten Zeit war ich kaum je allein – abends und am Sonntag wetteiferten Freunde und Kollegen darum, mich zu sich nach Hause einzuladen; einige spielten nie darauf an, was geschehen war, andere dagegen versuchten, mir mehr oder weniger unauffällig Ratschläge zu geben.

Einmal hatte mich eine Kollegin überredet, in ein Meditationszentrum mitzukommen. Sie meinte, wenn es mir gelänge zu meditieren, würde ich lernen, Abstand zu den Dingen zu gewinnen, und wieder Frieden finden. Die Erinnerung an deine Morgenrituale überwog meine Skepsis. Vielleicht widmetest ja auch du dich in dieser geheimnisvollen Zeit einer solchen Tätigkeit, und wenn ich es auch täte, könnte ich irgendwie Kontakt zu deiner Welt bekommen. Doch kaum saß ich zehn Minuten neben allen anderen auf dem Boden, erfasste mich eine überwältigende Nervosität, und als die Lehrerin mit ekstatischem Gesichtsausdruck zum zehnten Mal wiederholte: »Lasst alle Gedanken los, lasst alle Bindungen los, öffnet eure Herzen der Freude …«, sprang ich auf und ging türenknallend davon. Ich wollte an dich gebunden sein, und ohne dich war keine Freude möglich.

Einige Monate später schlug mir eine Nachbarin

aus dem Haus vor, mich mit dir in Verbindung zu bringen. Sie habe eine Freundin, die ein sehr ernsthaftes Medium sei und mir gerne helfen werde. Ich kann mir deine ironischen Bemerkungen vorstellen, wenn du gesehen hättest, wie ich zu einer Frau mit übernatürlichen Fähigkeiten laufe, aber meine Verzweiflung war zu der Zeit so groß, dass ich alles getan hätte, um mit dir zu sprechen, dich wenigstens einen Augenblick lang zu sehen – um dir die Frage zu stellen, die sich seit Monaten in meinem Herzen eingenistet hatte.

Es war Faschingsdonnerstag, als ich zu ihr ging. Um zu ihrer Wohnung im Zentrum zu gelangen, musste ich mich durch die maskierte Menschenmenge hindurchkämpfen – ab und zu warf mir jemand eine Handvoll Konfetti ins Gesicht oder blies mir mit seiner Tröte ins Ohr. Ich stieß alle wütend weg, und als ich endlich die Haustür erreichte, drückte ich auf den Klingelknopf, als wollte ich ihn in der Mauer versenken.

Die winzige Wohnung lag im obersten Stock und ging auf einen Balkon voller kahler Pflanzen hinaus; dahinter sah man den Antennenwald und die Kirchtürme der römischen Altstadt.

Die Luft war beißend, es roch nach Katzenurin – im alles umhüllenden Halbdunkel sah ich ihre Augen funkeln, während ihre Schwänze träge von Regalen und Sofas schwangen.

Beim Eintreten begrüßte mich das Medium – Flora war ihr Name – mit einer herzlichen, unangebrachten

Umarmung, in der ich noch mehr erstarrte. Flora war nicht mehr jung, sondern in jenem unbestimmten Alter, in dem die Frauen die Männer schon längst nicht mehr interessieren. Eher rundlich, nicht groß, aber mit einer beeindruckenden rabenschwarzen Mähne auf dem Kopf, empfing sie mich in einem wahrscheinlich von ihr selbst gehäkelten Schal, an den Füßen Pantoffeln, die jede Form und Farbe verloren hatten. Mehr als einem geheimnisvollen Wesen glich sie der Hausmeisterin einer nicht besonders vornehmen Wohnanlage.

Sie bat mich in eine Art kleines Wohnzimmer und nahm mir gegenüber in einem Sessel Platz. Zwischen uns stand ein rundes Tischchen und darauf eine matte Lampe, die unsere Gesichter beleuchtete.

»Du bist also Matteo«, wiederholte sie ein paarmal im ruhigen Tonfall einer alten Tante. »Matteo ... Matteo ...«

Ich spürte, dass eine gewisse Unruhe in mir aufkam – eine Unruhe, in die sich sehr viel Ärger mischte. Wie konnte ich nur, fragte ich mich, in so eine Falle tappen? Diese dämmrige Höhle war ein einziger Schwindel, und ich war darauf hereingefallen wie ein Huhn, das gerupft werden sollte. Jetzt gehe ich, sagte ich mir, bevor das Theater anfängt, bevor sie die Augen aufreißt und der Tisch zu wackeln beginnt, bevor sie mit der Stimme eines Menschenfressers zu sprechen beginnt, stehe ich auf, erkläre ihr höflich und bestimmt, dass mir nicht danach zumute ist, ihre Dienste in Anspruch zu nehmen, und verabschiede mich. Schon träumte ich von dem Glücksgefühl, mit dem ich die frische Luft des Treppenhauses einatmen würde, da griff sie mit ihren molligen, nach Zwiebeln riechenden Händen nach den meinen und fragte: »Du hast sie sehr geliebt, nicht wahr?«

Ich befreite mich aus ihrem Griff und erwiderte nach einer langen Pause: »So sehr, dass ich hierhergekommen bin.«

Ich glaube nicht, dass sie den Sarkasmus in meiner Antwort wahrnahm. Hinter der Tür kratzte und scharrte eine Katze mit leidenschaftlichem Ungestüm in ihrem Katzenklo.

»Du bist wie der ungläubige Thomas, stimmt's?«, fing sie wieder an. »Du glaubst die Dinge erst, wenn du die Hand darauflegen kannst.«

»Ja.«

»Warum bist du dann hergekommen?«

»Um meiner Nachbarin einen Gefallen zu tun«, antwortete ich ohne den Versuch, meinen Unwillen zu verbergen.

Flora schüttelte langsam den Kopf, wie eine alte Tante bei der Lüge ihres kleinen Neffen. »Nein, du bist gekommen, weil du sie geliebt hast. Du hast deine Frau und dein Kind geliebt, und ohne sie fühlst du dich verloren.«

»Wem ginge es nicht so?«

»Und sag mal, welche Form, welche Farbe hat denn die Liebe, wenn du die Hand darauflegst? Kannst du sie packen, messen, in einen Umschlag oder eine Schublade stecken?«

»Nein, natürlich nicht. Aber trotzdem ...«

»Trotzdem sehnst du dich danach, du weißt nicht, was sie ist, aber sie fehlt dir. Jetzt spürst du eine Leere in dir, eine große Leere, und weißt nicht, wie du sie füllen sollst. Bevor du dich verliebt hast, wusstest du vielleicht nicht, dass sie da war, aber jetzt weißt du es und kannst nicht mehr so leben wie vorher.«

Ich schwieg. Woher wusste sie bloß von dem hohlen Panzer mit dem Echo, den ich in mir trug?

»Die Liebe ist vor uns«, sagte das Medium leise und mit halb geschlossenen Augen, »die Liebe ist nach uns, die Liebe umgibt uns, doch nicht immer gelingt es uns, sie zu ergreifen, nicht immer haben wir die richtigen Antennen, um ihre Wellenlänge aufzufangen ... und weißt du, warum?«

»Nein«, antwortete ich, und beim Klang meiner Stimme staunte ich, wie kindlich sie bebte.

»Nicht aus Bosheit – wirklich böse Menschen gibt es nur wenige –, sondern aus Zerstreutheit, weil man es nicht versteht hinzuhören, Vertrauen zu haben. Die Liebe lässt sich nicht messen, nicht wiegen, man kann sie nicht kaufen, sie entzieht sich jedem Manipulationsversuch. Deshalb stellen wir uns lieber vor, es gäbe sie nicht, man könne auch ohne sie auskommen.«

Während Flora sprach, sprang ihr eine getigerte Katze mit smaragdgrünen Augen auf den Schoß. Sie streichelte sie und sprach weiter. »Du sieht jetzt diese Katze, Uriel. Du siehst ihren Körper, aber ihr Körper ist nicht die einzige Realität. Neben dem Fell, den

Schnurrhaaren, dem Schwanz lebt noch ein anderes Wesen, ein Lichtwesen.«

Ich trieb orientierungslos dahin, hatte Angst loszulassen, und deshalb, um sie wieder auf mein Terrain zu lotsen, fragte ich: »Gibt es auch Lichtmäuse?«

»Mäuse? Selbstverständlich, Mäuse, Schmetterlinge, Grashalme. Jedes kleinste Stückchen Materie enthält einen Funken Licht – was wir nicht sehen, was wir nicht verstehen, ist der große goldene Strom, der neben unseren Tagen fließt.«

»Und dort sind die Toten?«

Uriel streckte sich und sprang zu Boden. »Tote gibt es nicht«, erwiderte Flora, »es gibt nur eine andere Art, lebendig zu sein.« Dann schloss sie die Augen und schwieg eine Zeit lang, die mir endlos vorkam. Der Wasserhahn in der Küche tropfte, und von der Straße drang gedämpft der Lärm des Karnevalstreibens herauf. Als sie wieder aufschaute, hatte ihr Blick eine andere Intensität.

»Manche Leute glauben«, sagte sie, »dass ich eine Art Telefonleitung bin. Sie wollen mit ihren Lieben sprechen, als ob sie einen Hörer in der Hand hielten. Aber du bist nicht so ... du ... du hast eine Frage.«

»Alle haben wir Fragen.«

»Du hast eine Frage ... an Nora. Eine einzige ... die ist wie ein Holzwurm, der an deinem Herzen nagt ...«

»Ja«, murmelte ich besiegt, »so ist es.«

»Ich versuche jetzt, mit ihr in Kontakt zu treten, und du stellst deine Frage, aber nicht laut. Du wiederholst sie innerlich und denkst dabei, dass Nora vor dir sitzt.«

Nach diesen Worten schloss sie erneut die Augen, und ihr Körper begann leicht zu zittern, als litte sie an beginnendem Parkinson.

Ich war ratlos, schwankte unentschlossen.

Was sollte ich tun?

Das Spiel mitspielen?

War es denn wirklich ein Spiel?

Und was riskierte ich, wenn ich mitspielte? Niemand würde es je erfahren, ich würde es einfach in meinem Gedächtnis speichern als einen letzten Karnevalstag, an dem ich es bunter getrieben hatte als an allen anderen.

So schloss auch ich die Augen und versuchte, dich mir vorzustellen. Als Erstes sah ich das Feuer vor mir, daraus materialisierte sich unsere erste Begegnung – die mit dem Croissant und deinem mit Puderzucker bestäubten Gesicht –, dann gleich danach saßest du auf dem Sofa und stilltest Davide ... ein Reigen unterschiedlicher Erinnerungen begann hinter meinen geschlossenen Augen vorbeizuziehen ... dann auf einmal verblassten die Bilder, und der Monitor hinter den Augenlidern wurde dunkel ... in dieser Dunkelheit begann ich, einen Geruch wahrzunehmen. Deinen Geruch – den Geruch, den ich jeden Morgen einatmete, wenn du neben mir im Bett erwachtest.

War das ein Zeichen, oder handelte es sich nur um Suggestion?

Mein Herz schlug jedenfalls schneller – nun sah ich deutlich dein Gesicht, den glücklichen, verschlafenen Ausdruck, mit dem du dich dehntest, wenn du den Wecker abgestellt hattest. Du warst da, so wirkte es zumindest. Genau in dem Augenblick murmelte Flora mit einer Stimme, die von weit her zu kommen schien: »Aha … wir sind so weit …« Inzwischen war mein Herzschlag völlig ausgerastet.

»Hast du dich wirklich umgebracht?«, fragte ich dich.

Als ich das Haus des Mediums verließ, war es inzwischen dunkel geworden auf den Straßen der Hauptstadt. Anstatt heimzugehen, mischte ich mich unter die kostümierte Menge. Auf dem Campo de' Fiori kam ein Mädchen auf mich zu und hielt mir eine Zorro-Maske hin. Ich nahm sie, setzte sie auf und begann, damit von einer Bar zur anderen zu ziehen, bis mich der Sonnenaufgang schlafend auf den Stufen der Kirche Sant' Agostino überraschte.

Als ich erwachte, wusste ich vom Tag vorher so gut wie nichts mehr, nur der letzte Satz, den das Medium zu mir gesagt hatte, als ich schon auf der Treppe stand, war mir im Gedächtnis haften geblieben: »Denken Sie an die Maus!«

Auf einem Teppich aus Konfetti und Papierschlangen ging ich zur Bushaltestelle. Zu Hause habe ich mir das Gesicht gewaschen und bin absolut pünktlich zur Arbeit gekommen. Während der Visite hat sich eine Kollegin genähert und mir ein Stückchen buntes Papier aus den Haaren genommen, dann hat sie mit einem Augenzwinkern gesagt: »Wir haben uns wohl amüsiert gestern Abend …«

In Wirklichkeit hatte ich endlich den Mut aufgebracht, vom Sprungbrett zu springen – mit ausgestreckten Armen und angespannten Muskeln flog ich kopfüber auf den Abgrund zu.

18

Was soll ich zu jenen Jahren sagen? Wie darüber sprechen, ohne tiefe Scham zu empfinden? Der goldene Faden, der mich mit dir verbunden hatte, war nun gerissen, es gab niemanden mehr, dem ich über meine Taten Rechenschaft ablegen musste – niemanden, für den meine Taten einen Sinn hatten. Nach der Tragödie hatte meine Mutter zu schrumpfen begonnen, ihre autoritäre Art machte einem stillen Schweigen Platz. Die meiste Zeit saß sie strickend vor dem Fernseher. Genau am Tag seines Todes hatte sie einen Pullover für Davide fertig gestrickt – und diesen Pullover trennte sie nun immer wieder auf und strickte ihn neu. Ab und zu kaufte sie noch ein Knäuel Wolle derselben Farbe und ging zur nächsten Größe über. »Wie er wächst!«, sagte sie, wenn ich zu Besuch kam. »So schnell ich auch stricke, ich komme gar nicht hinterher.«

Die Reaktion meines Vaters dagegen bestand darin, sich noch einmal ins Leben zu stürzen. Dank der Freundschaft zu einem jungen Mann hatte er endlich den Mut gefunden, sich an der juristischen Fakultät einzuschreiben. Er nahm die Vorlesungen auf Kassette auf und hörte sie dann in der Küche bis spät in die Nacht ab. Die Gerechtigkeit wurde zu seiner fixen Idee. Er war überzeugt, dass er schon mit der Tragödie seiner Kindheit seinen Tribut an den Schmerz entrichtet hatte. Als zu seiner Tragödie jedoch die meine hinzukam, geriet sein berühmtes Motto – »Man muss sich damit abfinden« – ins Wanken. Da ihm in der Dunkelheit seiner Tage der Verantwortliche keine Antwort gegeben hatte, suchte er Erleichterung in dem, was die Menschen geschrieben hatten. Sich zwischen Spitzfindigkeiten und Sophismen einen Weg zu bahnen wurde zu seiner Art, die Angst zu bannen. Am Abend, wenn ich zu Besuch war, erklärte er mir stundenlang die Feinheiten des Römischen Rechts. »Es ist wie ein gut geschliffener Diamant«, wiederholte er häufig, »wie du ihn auch drehst und wendest, du findest überall absolute Perfektion und Licht, ein Licht, das auch die verwickeltsten Fragen erhellen kann.«

Zwei Jahre danach stolperte meine Mutter und fiel der Länge nach aufs Trottoir, während ich auf der Straße neben ihr ging. Sie war über nichts gestolpert. Als ich sie aufhob, wurde mir bewusst, wie leicht sie geworden war – der Schmerz hatte sie ausgedörrt, ohne dass wir es gemerkt hatten, kaum mehr als die Knochen waren noch übrig. Und diese Knochen – das entdeckten wir wenig später – waren schon gänzlich ausgehöhlt. Wenn man Holz zu lange im Schuppen liegen lässt, trocknet es aus, wird zur Nahrungsquelle für eine Menge Insekten – du nimmst ein Scheit in die Hand und entdeckst staunend, dass es so viel wiegt wie ein Zweig. Das Gleiche war meiner Mutter passiert. Solange das Leben im entschiedenen Rhythmus der Natur vorangeschritten war – die Kinder, die Enkel und, wer weiß, eines Tages vielleicht noch Urenkel –, war sie standhaft wie eine Eiche. Als dann die Axt des Unglücks zuschlug, verwandelte sich die Kraft in äußerste Schwäche; die Lymphe zog sich zurück – in den Ritzen der Rinde siedelten sich Pilze an, Bakterien, Käferlarven und arbeiteten emsig im Dunklen in aller Stille, bis sie die solide Struktur in einen Haufen feinstes Sägemehl verwandelt hatten.

Der Knochentumor war schon im fortgeschrittenen Stadium. Statt sie meinen Kollegen in die Hände zu geben, zog ich es vor, sie zu Hause von einer Krankenschwester und meinem Vater pflegen zu lassen. Nach einem Monat war sie tot. Am Tag der Beerdigung fand ich in der Tasche ihres Morgenrocks einen Zettel. In zittrigen Buchstaben stand darauf mit Bleistift geschrieben: *Ich hätte nicht geglaubt, dass der Gedanke an den Tod so tröstlich sein kann.*

Ich schlug meinem Vater vor, zu mir nach Rom zu ziehen, doch er schüttelte den Kopf: »Das geht nicht, ich habe hier meine Studien, und außerdem würde ich dir nur zur Last fallen. Ich kenne die Wohnung nicht, ich kenne die Straßen nicht, ich kenne niemanden.«

»Du wirst mir nie eine Last sein.« Doch er schüttelte weiter den Kopf.

Vor meiner Abreise jedoch ging ich ins Tierheim und wählte eine Mischlingshündin für ihn aus, die einen sehr aufgeweckten Eindruck machte. »Rate, was ich mitgebracht habe?«, sagte ich, als ich die Haustüre öffnete. Einen Augenblick hielt er reglos inne, dann rief er strahlend: »Einen Hund!« Sofort sprang die kleine Hündin auf seinen Schoß, als kenne sie ihn schon immer, und begann ihm wie wild das Gesicht zu lecken, und anstatt sich vor dem Angriff der Bakterien – dem ewigen Schreckbild meiner Mutter – zu schützen, fuhr er ihr mehrmals mit der Hand über Kopf und Hals: »Schön ... wie schön du bist ... du hast ja ein seidenweiches Fell, und diese Ohren, diese Ohren ... wie Rosenknospen ... Was für eine Farbe hast du denn? Lass mich mal raten ... meiner Ansicht nach bist du weiß.«

Obwohl sie nicht ausgebildet war, begriff Laika – so nannte er sie in Erinnerung an den Verzicht, den er damals hatte leisten müssen – das Problem meines Vaters innerhalb eines einzigen Tages und begann, sich entsprechend zu verhalten – nie vor ihm oder zwischen den Füßen, sondern immer an seiner Seite. »Danke für Laika«, sagte er, als er mich zum Abschied fest umarmte. Dann fügte er nach einer Pause hinzu: »Und du? Hast du jemanden an deiner Seite?«

Ich antwortete ausweichend. »Ich habe keine Zeit. Die Arbeit nimmt mich zu sehr in Anspruch.«

»Denk dran«, sagte er, als ich schon die Treppe

hinunterging. »Das Leben geht weiter. Es ist nicht gut, dass der Mensch allein sei.«

War ich allein? Ja und nein. Nach der Episode mit dem Medium hatte ich eine Entrümpelungsfirma gerufen und dem Mann mit den Worten »Räumen Sie alles aus, und machen Sie damit, was Sie wollen« den Schlüssel zu unserer Wohnung gegeben. Drei Monate später zog ich aus dem Appartement aus und mietete eine Wohnung unweit des Krankenhauses. Da sie leer war, bot eine alte Freundin an, mir beim Einrichten zu helfen. »Für manche Dinge braucht man eine Frau«, bemerkte sie, und so gingen wir an meinen freien Tagen zusammen auf die Suche nach Möbeln und Lampen, Bettwäsche und Töpfen.

Nach einem Monat war die Wohnung fertig. Um der Freundin zu danken, lud ich sie auf meine winzige Terrasse zum Abendessen ein. Es war Juni, und neben dem Tisch verströmte ein Jasminstrauch seinen Duft. Wir stießen miteinander an, während der zermürbende Sonnenuntergang des beginnenden Sommers die römischen Dächer rosa färbte. »Auf uns beide!«, sagte sie, und ich wiederholte es mechanisch. Gleich darauf küssten wir uns. Am nächsten Morgen, als ich neben ihr erwachte, empfand ich Bestürzung. Ich liebte diese Frau nicht, sie war nur eine gute alte Freundin und würde nie etwas anderes werden. Warum hatte ich bloß die Barriere zur tiefsten Intimität durchbrochen?

Beim Frühstück wünschte ich mir einen Zauberstab, um sie augenblicklich verschwinden zu lassen. Schweigend tranken wir unseren Kaffee. »Hast du Kopfschmerzen?«, fragte sie mich. Ich ergriff diesen Strohhalm und nickte. Sie reckte sich: »Ich auch ein bisschen, ehrlich gesagt. Das muss der Wein gewesen sein …« Sie duschte ausgiebig, und das erhöhte meine Gereiztheit noch. Als ich das Bad betrat, wurden die Hosenbeine meines Schlafanzugs nass in den Pfützen, die sie auf dem Boden hinterlassen hatte. Doch als sie sagte: »Zum Mittagessen werde ich dir etwas Gutes kochen«, antwortete ich mit bedauernder Miene: »Tut mir leid, ich bin soeben angepiept worden, ein Notfall im Krankenhaus.«

»Soll ich auf dich warten?«

»Besser nicht. Notfälle können auch vierundzwanzig Stunden dauern.« Am nächsten Tag kaufte ich einen Anrufbeantworter und begann, mich hinter dieser angenehm unpersönlichen Stimme zu verstecken.

Wenn tagelang der Wind weht, sammelt sich in den Ecken und Leerräumen der Abfall – Getränkedosen, Tüten und Plastikflaschen zittern bei jedem Hauch, klappern, bilden Haufen und bleiben dort liegen, nachdem die Böen sich gelegt haben. Das Gleiche geschah mit dem leeren Raum, den du in mir hinterlassen hattest. Anfangs klang die Erinnerung an dich darin nach, das warst nicht mehr du, nur noch dein Echo. Im Augenblick, in dem auch dein Echo verklungen war, hat die Natur mit ihren Gesetzen die Oberhand gewonnen. Die Natur jedoch verabscheut die

Leere – sobald sie eine Leere entdeckt, bietet sie all ihre Energien auf, um sie zu füllen –, mit Altpapier, Dosen, Plastik oder auch Samen, die hartnäckig in den Asphaltritzen keimen. Eigentlich hätte ich in diesem leeren Raum wachsen sollen, doch um zu wachsen, hätte ich erst einmal da sein müssen, und Matteo war damals nirgends. Wer war Matteo? Ich wusste es nicht mehr. Meine Vorstellungskraft war nicht so hoch entwickelt, dass sie dich in einer anderen Form hätte spüren können. So durchlebte ich immer wieder mein Leben bis zu jenem Punkt und fragte mich dabei: Was habe ich Böses getan? Aus welchem Grund hat mich das Schicksal so schrecklich bestraft? Ich war ein guter Sohn, ein gewissenhafter Arzt, ein liebender Ehemann und ein zärtlicher Vater, nie habe ich jemandem etwas Böses getan. Welchen Sinn hatte es dann, gerecht, freundlich, korrekt und liebevoll zu sein?

Die schmerzliche Verwirrung der ersten Zeit verwandelte sich allmählich in ein gewinnbringendes Syndrom – das des Opfers. Die Erinnerungen an unser Leben – die Gesichter, die Gerüche, die Worte – waren hinter den Kulissen verschwunden, und auf der Bühne hatte sich an ihrer Stelle wie ein Monolith die Darstellung meines Schmerzes als Überlebender breitgemacht. Ich war noch jung, recht ansehnlich, ein guter Arzt und trug die Last einer biblischen Tragödie auf meinen Schultern. Die Freundinnen und Kolleginnen, die es kaum erwarten konnten, mich zu trösten, scharten sich um mich, doch hinter ihrem humanitären Impuls stand vielleicht noch ein menschlicheres Interesse – sie waren alle über dreißig, lebten allein, und ihr Körper drängte mit Macht danach, ein Kind zu bekommen. Ich lenkte mich ab, und sie hofften. Auf dieser Schaukel der Gefühle verbrachte ich viele Jahre meines Lebens.

Nach jener ersten Episode mit der Einrichtungsfreundin ließ ich keine Frau mehr in meine Wohnung. Ich schlief bei ihnen und stand dann irgendwann auf, um in die Einsamkeit meiner Höhle zurückzukehren.

Wenn ich an diese Phase zurückdenke, kommen mir häufig die berühmten Verse des Ovid in den Sinn – *Was mich verfolgt, das fliehe ich, und was mich flieht, dem folge ich.* Dass ich so ungreifbar war, brachte meine nächtlichen Gefährtinnen zur Verzweiflung, der Anrufbeantworter war ständig voll – manche Nachrichten waren schmeichlerisch, andere fragend, wieder andere herrisch. Gelegentlich passierte es, dass sie mir vor der Haustür Szenen machten oder in Tränen aufgelöst am Schichtende im Krankenhaus auf mich warteten. Rasch und fast ohne es zu merken, war ich in eine Welt abgerutscht, die mir bis dahin fremd war – die Welt der Lüge. Ich belog meine Freundinnen, meine Kollegen, meinen Vater, ich belog mich selbst, wenn ich morgens in den Spiegel blickte. Ich wurde immer aufgedunsener, dicker. Beim Aufwachen hatte ich riesige Tränensäcke unter den Augen. Ich werde älter, sagte ich mir, obwohl ich wusste, dass es nicht an den Jahren lag – sondern am Alkohol.

Ich hatte am Gründonnerstag begonnen und nicht mehr aufgehört. Zu Beginn war es der Campari – oft trank ich am Schichtende einen in der Bar im Krankenhaus. Zum Campari gesellte sich der Whisky beim Heimkommen – kaum war ich zur Tür herein, hielt ich schon die Flasche in der Hand; den ersten Schluck trank ich noch im Stehen, den zweiten auf das Sofa gesunken. Als dann nach wenigen Monaten der Barmann morgens fragte: »Mit Schuss?«, lächelte ich: »Na gut, aber nur heute«, obwohl ich wusste, dass jeden Tag »heute« war.

»Drängen Sie Ihn, lassen Sie Ihm keine Ruhe, fordern Sie eine Antwort«, hatte der Pfarrer, der mit meiner Mutter befreundet war, an jenem fernen Abend zu mir gesagt. Aber wen sollte ich fragen? Mein Himmel war leer. Ich war kein Stein, deshalb gelang es der Sonne nicht, mich zu erwärmen. Doch Alkohol machte das Unmögliche möglich. Ich war kein Stein, sondern ein Stromkreis – meine Adern, meine Nerven waren die Kabel, durch die funkensprühend die Elektrizität floss.

Nichts schien mir mehr wichtig zu sein. Die Seiten meines Autos bekamen immer mehr Kratzer. Einmal zeigte ich sogar den Diebstahl meines Autos an, weil ich nicht mehr wusste, wo ich es geparkt hatte. Im Krankenhaus begleitete mich die besorgte Stationsschwester treu wie ein Deutscher Schäferhund – bei der Visite wiederholte sie mir neben jedem Bett mit lauter Stimme die Krankheitsgeschichte und die Behandlung, mit der wir begonnen hatten.

»Du stinkst«, sagte mein Vater zu mir, der mich hereinkommen hörte, als ich ihn einmal in Ancona besuchte. Ich stellte mich sofort unter die Dusche, doch als ich wieder in der Küche erschien, meinte er: »Das war nicht der Gestank, den du abwaschen musstest.« Er setzte sich auf den Balkon, Laika auf dem Schoß, und streichelte ihr sanft den Kopf – sie dankte ihm mit einem anbetenden Blick. Ein Schlepper fuhr gerade in den Hafen ein.

»Du enttäuschst mich«, sagte er dann, »du enttäuschst mich zutiefst.«

19

Vergangenen Sommer kam ein Mädchen hier herauf. Sie stammte aus einer großen Stadt im Norden, war sehr lebhaft, sehr begeistert und hatte sehr klare Vorstellungen vom Leben. Sie studierte Psychologie, stand kurz vor dem Abschluss und konnte es kaum erwarten, Examen zu machen, um endlich anderen Menschen nützlich zu sein. Geduldig half sie mir, die Karottenpflänzchen auszudünnen, dann setzten wir uns und tranken von dem Holundersaft, den ich vor Kurzem gemacht hatte. Sie war neugierig und versuchte nicht, es zu verbergen – irgendwann faltete sie die Hände unter dem Kinn und sagte: »Ich verstehe es nicht. Es ist mir einfach unbegreiflich. Sie haben Ihren Arztberuf an den Nagel gehängt, dabei könnten Sie doch einer Menge Leute helfen … Wenn Sie das alles hier satthatten, hätten Sie doch nach Afrika, nach Indien gehen können, anstatt hier oben zu leben wie Robinson Crusoe. Ist das nicht eine extrem egoistische Entscheidung? Was nützt es – wem nützt es, dass Sie auf diesem Berg sitzen?«

Eine Wespe balancierte wie ein Seiltänzer auf dem Rand meines Glases. Mit einem Stöckchen habe ich sie entfernt. »Vielleicht sind die Dinge, die zu nichts nützen, am wichtigsten.«

Elena, so hieß sie, schüttelte ratlos den Kopf. »Es gibt so viele Menschen, die leiden. Wie können Sie da taub bleiben?«

»Wer sagt denn, dass ich taub dafür bin?«

»Aber wie können Sie es dann hier aushalten, warum gehen Sie nicht in Ihren Beruf zurück und stürzen sich wieder ins Getümmel? Sie könnten eine Menge Leute heilen ...«

»Heilen?«

»Ja, heilen. Sie werden doch Menschen behandelt haben, als Sie Arzt waren, oder?«

Ich hätte ihr antworten müssen, dass »heilen« und »etwas, das nicht funktioniert, reparieren« zwei äußerst verschiedene Dinge sind, doch ihre Naivität rührte mich, deshalb sagte ich: »Selbstverständlich, ich habe eine Menge Herzen wieder in Ordnung gebracht.«

»Ja und? Warum machen Sie nicht weiter?«

Die Sonne sank allmählich am Horizont. Ich trank meinen Holundersaft aus. »Die Schafe müssen hereingeholt werden«, sagte ich und ging auf das Plateau zu, wo sie weideten. Elena folgte mir. Auf mein Rufen und Händeklatschen begannen die Schafe sofort, in einer Reihe auf ihren Stall zuzutrotten.

»Die gehorchen aber gut!«, bemerkte Elena. »Haben Sie sie dressiert?«

»Nein«, erwiderte ich. »Sie folgen ihrem Instinkt.«

»Aber es ist doch Sommer, die Luft ist warm. Glauben Sie nicht, die Tiere wären glücklicher, unter freiem Himmel zu schlafen?«

Ich musste lachen. »Nein, das glaube ich überhaupt nicht.« Am nächsten Tag machte sich Elena auf den Rückweg, ohne je ihr Lächeln verloren zu haben. Als ich im folgenden Frühling zum Postamt hinunterstieg, fand ich unter anderem einen Brief von ihr, in dem sie mir ihren Abschluss – summa cum laude – und eine Reihe von Plänen mitteilte, die sie demnächst in Angriff nehmen wollte. *Ich verstehe Sie nicht, aber ich mag Sie trotzdem*, hatte sie unten auf das Blatt geschrieben.

Sogar in ihrer Schrift drückte sich ihr lebensfrohes, sonniges Wesen aus – unfähig, den Schatten zu sehen. Würde sie sich im Lauf des Lebens ändern? Oder würde das Böse irgendwann auch in ihrem Leben zuschlagen? Würde auch sie gespalten, würde sie zerbrechen, in tausend Stücke zerspringen und so eines Tages gezwungen sein, die Bruchstücke aufzusammeln und zu versuchen, sie wieder zusammenzusetzen? Wie lange würde sie noch glauben können, dass es möglich sei, Schafe und Lämmer im Freien schlafen zu lassen? Wie lange würde sie noch darüber hinwegsehen können, dass die Nacht von Wölfen, Füchsen und wilden Hunden bevölkert ist und man nur dann gesund wird, wenn es einem gelingt, diese Raubtiere zu besiegen?

An dem Tag, als mein Vater zu mir sagte: »Du hast mich enttäuscht«, schämte ich mich, aber nur kurz. Während ich im Auto nach Rom zurückfuhr, dachte ich, welch ein Glück, dass ich weit weg lebte – am Telefon konnte ich lügen, Zeit schinden, während ich mich bemühte, mich zu bessern. Natürlich war ich voller guter Vorsätze. Morgen stehe ich früh auf, sagte ich mir, anstatt einen Kaffee mit Schuss zu trinken, mache ich einen langen Spaziergang – ich kaufte mir sogar Laufschuhe, aber sie blieben unberührt in ihrer Schachtel liegen.

Mein Vater rief häufig an. Die Lügen, die ich ihm auftischte, glaubte er vermutlich keine Sekunde lang. Er rief mich zur Ordnung: »Denk daran, dass du die Verantwortung für viele Leben in der Hand hältst, dich selbst kannst du zugrunde richten, aber deine Aufgabe musst du erfüllen.«

»Meine Aufgabe ist zu überleben«, brummte ich einmal unwirsch. Auf der anderen Seite herrschte langes Schweigen. »Wenn es so ist«, sagte er dann mit ruhiger Stimme, »bringst du dich am besten gleich um.«

Einen Monat lang telefonierten wir gar nicht mehr. Dann rief ich ihn eines Sonntagmorgens an. »Es gibt eine Neuigkeit«, verkündete ich. »Ich bin nicht mehr allein.« Deutlich hörte ich in der Leitung seinen Seufzer. »Und wie ist sie?«

»Viel jünger als ich.«

»Liebst du sie?«

»Sie liebt mich.«

Wo ist das Ende, wenn es abwärtsgeht? Man steigt die Stufen hinab, ist überzeugt, es seien die letzten, doch dann geht es um die Ecke, und man sieht, dass es noch mehr gibt – die Treppe führt in einer Spirale immer weiter nach unten, wie bei einem bodenlosen Brunnen. Wenn ich noch weitergehe – sagt man sich – finde ich vielleicht auf der anderen Seite den Ausgang, schließlich ist die Erde rund, und irgendwo werde ich zuletzt herauskommen. Ab und zu flackert auf dem Weg bergab eine Fackel. Die Flamme beleuchtet die Feuchte der Mauern – man ist dankbar für das bisschen Licht, ergreift sie und trägt sie vor sich her, als ob es der Stern von Bethlehem wäre. Larissa war meine Fackel. Zuerst Fackel, dann glühendes Eisen. Nach dieser Stufe kam eine Mauer. Ich hätte nicht weitergekonnt – sie hat es mir ermöglicht umzukehren.

Larissa war gerade zwanzig geworden, sie stammte aus einem Bergdorf in Rumänien. Sie wollte, dass es ihr besser geht, wollte Gesang studieren, deshalb war sie nach Italien gekommen. Einstweilen arbeitete sie als Bedienung in einem Lokal in der Nähe des Krankenhauses. An einem regnerischen Abend – ich blieb oft bis spätabends dort – sprang ihr Moped nicht an, also erbot ich mich, sie nach Hause zu fahren. Sie wohnte weit draußen in einem Vorort, und unterwegs unterhielten wir uns. Am nächsten Tag betrachteten wir einander mit anderen Augen, und nach einer Woche, auf einem Spaziergang im Park der Villa Borghese, gestand sie mir ihre Liebe.

Warum bin ich bei ihren Worten stehen geblieben und habe sie umarmt? Vielleicht wegen ihrer Naivität, weil sie mich rührte, weil ich sie gern beschützen wollte. Und vielleicht auch, weil ich ein Schiffbrüchiger war und weil mich nach all den Geschichten das Wort »Liebe« – die Unschuld, mit der sie es ausgesprochen hatte – glauben machte, das Ufer sei doch nicht so fern.

»Larissa bedeutet Festung«, sagte sie zu mir, als wir das erste Mal eine Nacht zusammen verbrachten, und ich dachte, dass kein Name je weniger zu diesem Körper eines Vögelchens gepasst hätte. Ihr erlaubte ich, in meinem Bett zu schlafen, barfuß durch die Wohnung zu gehen und dabei ihre Gesangsübungen zu machen. Sie kam aus einer Bauernfamilie, und ich hörte ihr gerne zu – das Leben ihrer Eltern erinnerte mich an das meiner Großeltern. Wie lange schon war diese Welt verschwunden, wie lange schon war das Kind verschwunden, das die staubigen Straßen entlangradelte!

Als ich ihr zuhörte, empfand ich zum ersten Mal wieder Sehnsucht nach jenen Tagen – und nach dem, der ich in jenen Tagen gewesen war. Ich war geistig wach, neugierig. Ich beobachtete die Wolken und versuchte, das Wesen der Dinge zu ergründen – und wenn ich glaubte, es sei mir gelungen, wie in jener fernen Nacht des heiligen Isodor, senkte sich Friede in mein Herz. Warum hatte ich irgendwann das Geheimnis hinter den Horizont verjagt?

Es gab dich, und das genügte mir, doch nachdem

du verschwunden warst, fand ich mich allein in einer Wohnung voller Spiegel wieder – jeder warf ein anderes Bild von mir zurück, und ich war nicht mehr imstande zu erkennen, welches das echte war. Larissa kam mir vor wie ein Hoffnungsschimmer, ein Anker – der Karabinerhaken, an dem man das Seil befestigen konnte, um den erneuten Aufstieg zu beginnen. Ich liebte sie nicht, das höchste meiner Gefühle für sie war eine Art väterliche Zärtlichkeit. Ich war ihr dankbar für ihre Hingabe – was immer ich brauchte, sie war stets da, um es mir zu reichen. Eines Abends warnte mich ein Kollege, dem ich von meiner neuen Beziehung erzählte: »Amüsiere dich ruhig, aber pass auf – die haben es alle nur darauf abgesehen zu heiraten.« Am nächsten Tag ging ich nicht in das Lokal, und als sie mich anrief, tat ich so, als hätte ich den Anruf nicht gesehen. Der Dämon des Misstrauens hatte von mir Besitz ergriffen. Am folgenden Sonntag wollte sie mich unbedingt sehen, und obwohl ich hin- und hergerissen war, sagte ich zu. Auf dem Heimweg von einem Spaziergang trafen wir ein paar rumänische Freunde von ihr, und sie begann eifrig mit ihnen zu reden, ohne dass ich ein Wort verstand; das irritierte mich noch mehr. Zu Hause angekommen, sah ich, wie sie mit der Sicherheit der Hausherrin in die Küche trat, und packte sie am Arm. »Was willst du von mir?«, schrie ich sie an. In dem Augenblick war sie Larissa, die Festung: »Nur eines«, erwiderte sie und sah mir direkt in die Augen. »Dass du aufhörst zu trinken.«

20

Massen von Schlamm hatten sich von der Bergwand gelöst, und ich hatte es nicht gemerkt. Ich stand, wie ich glaubte, auf festem Grund, gestikulierte, ereiferte mich, verkündete meine Wahrheiten mit der Überheblichkeit dessen, der weiß, was er will, und derweil wurde der Erdrutsch Meter für Meter größer. Zum Schlamm kamen Felsbrocken hinzu, zu den Felsbrocken Bäume – es war ein einziges Ächzen und Knirschen, ein Getöse, und ich benahm mich weiter so, als sei ich der Herrscher der Welt.

»Warum?«, fragte ich Larissa an jenem Tag, als sie diesen Satz sagte. Einen Moment lang schwieg sie, aus ihren großen grünen Augen sprach ein schmerzliches Staunen. Ihre Antwort glich einem Hauch: »Weil ich dich liebe.«

Eine Weile blieben wir so voreinander stehen – wie zwei Fremde, gefangen im Schweigen eines Aufzugs –, dann trat ich einen Schritt auf sie zu. »Liebst du mich wirklich?« Ihre Augen waren außergewöhnlich glänzend.

»Ja.« Ich nahm sie fest in die Arme. Es war schön, die lauen Tränen auf ihren Wangen zu spüren. Ich zerzauste ihr die Haare. »Und warum liebst du mich?«, flüsterte ich ihr ins Ohr. »An mir ist nichts Liebenswertes.«

Sie schüttelte den Kopf und trocknete sich mit dem Handrücken die Augen. »Weil ich den Matteo sehe, den du nicht siehst.«

»Welchen Matteo?«

»Den, der vor der Verzweiflung da war.«

In jener Nacht, als ich sie umarmte und den Geruch der Wälder roch, in denen sie aufgewachsen war, den Duft nach Holzfeuer, den ihre Haare noch verströmten, und dabei ihrer hellen Stimme lauschte, die sich kristallklar über die Schwere der meinen erhob, war ich überzeugt, ich hätte endlich den Hafen gefunden, die Basis – das Fundament für ein neues Leben. Am nächsten Morgen wachte ich als Erster auf, bereitete das Frühstück und brachte es ihr ans Bett; sie schlief noch, ihre Haut war so wunderbar rein wie die einer Märchenprinzessin; als ich sie auf die Wange küsste, fühlte ich mich wirklich wie ein Prinz, nur dass die Rollen vertauscht waren – diesmal würde Dornröschen mich von dem bösen Zauber befreien. Später leerten wir gemeinsam alle Flaschen mit Alkohol, die es in der Wohnung gab, ins Waschbecken aus und gingen anschließend zum Glascontainer, um sie wegzuwerfen.

Zum Mittagessen fuhr ich mit ihr nach Fregene, und nach dem Essen machten wir einen langen Spaziergang am Strand, eng umschlungen wie ein Liebespaar. Es waren die ersten Märztage, in der Nacht zuvor hatte es heftig geregnet, die Luft war noch kalt, und dichte violette Wolken ballten sich am Horizont. Wenige Menschen waren zu sehen – ein Junge warf ein Frisbee für seinen Hund, ein Kind trottete zwischen seinen jungen Eltern, die es an der Hand hielten, und wenn sie es ab und zu hochhoben, um es fliegen zu lassen, vermischte sein Lachen sich mit dem Tosen der Wellen.

Unterwegs erzählte mir Larissa, erst vor einem Jahr habe sie zum ersten Mal das Meer gesehen. Die ganze Kindheit habe sie nur davon geträumt. »Es ist wie ein See, nur viel größer«, sagte ihr Vater eines Tages zu ihr, aber sie konnte es sich trotzdem nicht vorstellen. In der Schulbibliothek fand sie dann ein Buch von Hans Christian Andersen, und als sie *Die kleine Seejungfrau* las, verliebte sie sich in das Meer, und gleichzeitig entstand auch ihre Leidenschaft für Gesang. »Allerdings«, sagte sie dann, sich enger an mich schmiegend, »muss ich dir gestehen, dass es mir auch große Angst macht, und vor allem kann ich nicht schwimmen.« Daraufhin hob ich sie hoch und tat, als wolle ich sie ins Wasser werfen. »Nein, nein, bitte nicht«, schrie sie lachend. »Ich will nicht ausgerechnet heute schwimmen lernen.« »Na gut« – ich stellte sie wieder auf den Boden –, »im Juni bringe ich es dir bei. Aber nicht hier, in diesem hässlichen Meer. Ich nehme dich mit nach Numana, dann lernst du auch meinen Vater kennen.«

In dem Augenblick sah ich zwischen all dem Abfall, den die Winterstürme angeschwemmt hatten, eine Flasche mit Korken und hob sie auf. »Rate mal, was wir machen?« Larissa klatschte in die Hände wie ein kleines Mädchen. »Au ja!«

»Ich habe aber kein Papier«, sagte ich, während ich in meinen Taschen wühlte.

»Ich habe welches!«, rief sie und zog ein Notizbüchlein mit Teddys auf dem Umschlag aus ihrem kleinen Rucksack. »Und ich habe auch einen Stift!« Wir hockten uns auf den feuchten Sand. Ich hielt den Kugelschreiber in der Luft wie ein Schüler bei seinen ersten Schreibversuchen. »Was schreiben wir?«

»Was meinst du?«

»Dass wir uns lieben?«

Larissa nickte nachdrücklich. »Schreib auch das Datum dazu.«

Ich notierte auch das Datum und malte darunter ungeschickt ein Herz mit unseren beiden Namen darinnen. Mit der Hartnäckigkeit einer Lehrerin legte sie den Zeigefinger auf das Blatt: »Setz noch hinzu: »*Und im Namen unserer Liebe werde ich von jetzt an keinen Tropfen Alkohol mehr anrühren*. Und unterschreibe, sonst gilt es nicht.«

»Einverstanden«, sagte ich gehorsam. Dann riefen wir: »Eins, zwei, drei!« und warfen die Flasche gemeinsam ins Meer.

Die Sonne am Horizont begann zu sinken.

Auf dem Rückweg, kurz bevor wir das Auto erreichten, hob sie einen Flipflop, den die Wellen dort abgelegt hatten, aus dem Sand auf. »Schau nur, all diese weggeworfenen Sachen.« Sie hielt mir die Sandale hin. »Schlappen, Spielsachen, Flaschen, Dosen. Alle hatten eine Geschichte, bevor sie hier gestrandet sind. Jemand hat sie ausgewählt, gekauft, benutzt, vielleicht sogar geliebt. Und jetzt sind sie nur noch von der Brandung hierhin und dorthin gespülter Abfall. Stell dir mal vor, wenn sie eine Stimme hätten, wenn sie alles erzählen könnten, was ihnen passiert ist.«

Im Auto, noch die Salzkristalle auf dem Gesicht und den knirschenden Sand unter den Füßen, fragte sie mich: »Warum erzählst du mir nicht deine Geschichte?« Das Getriebe kreischte, als ich in den Rückwärtsgang schaltete. »Weil es nichts zu erzählen gibt.« Ich fühlte, wie sich ihre leichte Hand auf meinen Schenkel legte. »Hat der Schmerz, der dein Herz zerfrisst, keine Geschichte?«

Schweigend fuhren wir nach Rom zurück, ich brachte sie nach Hause, und als sie mir beim Aussteigen einen Kuss zuwarf und sagte: »Bis morgen!«, gab ich kein Zeichen der Zustimmung.

Kurz nachdem ich in meiner Wohnung angekommen war, verließ ich sie wieder, um mich unten im Geschäft mit dem einzudecken, was ich wenige Stunden vorher in den Ausguss gekippt hatte.

Larissa wusste nichts von dir. Nichts von Davide. Nichts von meinem früheren Leben. Mit den Jahren hatte sich die Leere, die du hinterlassen hattest, in eine Kathedrale aus Granit verwandelt, und diese Kathedrale hatte weder Türen noch Fenster – es gab keine Möglichkeit, sie zu betreten. Man konnte nicht hinein und nicht heraus. Ein Teil von mir war darin gefangen, so wie die Höhlenforscher, die ihrer eigenen Kühnheit zum Opfer fallen. Am Anfang gab es noch genügend Sauerstoff und Raum, um die elementaren Körperbewegungen auszuführen. Dann war der Felsen enger geworden, die Luft dünner – ich hätte hinausgehen müssen, um zu überleben, stattdessen habe ich es vorgezogen, drinnen zu bleiben. So setzten die Verkalkungsprozesse ein, ich trat einen Teil meiner selbst an den Felsen rundherum ab, und durch Osmose drang der Fels in mich ein. Mit den Jahren verwandelte sich alles Lebendige allmählich in Granit, und es war ein in den Tiefen der Erde verschanzter Granit – alles war dunkel, stumpf, taub und konnte nur Frost ausstrahlen. Diese Kathedrale aus Granit macht mich so durstig. Das unheimliche Gewicht – das ich seit über zehn Jahren in mir trug wie ein nie geborenes Kind – hatte meine Handlungsfähigkeit zunichtegemacht und mich in ein Opfer verwandelt. Alles in allem hatte ich mich an die Rolle gewöhnt, und zudem hatte ich auch ihre trägen Vorteile lieb gewonnen.

Was ich noch nicht wusste, war, dass sich die Osmose an einem bestimmten Punkt des Prozesses umkehrt und sich das Gesicht des Henkers über das des Opfers legt.

So begann mit Larissa ein Auf und Ab – auf die

Fluchten folgten Momente inniger Hingabe, auf die Hingabe folgte immer die Lüge. Über einen Monat lang tat ich so, als hätte ich den Alkohol tatsächlich aufgegeben. Tatsächlich hatte ich sogar einige Tage versucht, jene Begierde in etwas Konkretes zu verwandeln, doch nach kaum einer Stunde im Krankenhaus begann sich die Zeit auf absurde Art zu dehnen, und zwei Stunden kamen mir so lang vor wie ein ganzer Tag. Diese unbewegliche Zeit – die monolithische Zeit, in der ich keinen einzige Schritt tun konnte – machte mich nervös. War es denn möglich, dass niemand sonst merkte, dass die Uhr stehen geblieben war? Ich verlor rasch die Geduld, die Ineffizienz der Menschen um mich herum verletzte mich. Einmal brüllte ich sogar im Operationssaal los – mir schien, jemand hätte einen Fehler gemacht, doch der einzige Fehler war das Zittern meiner Finger.

Eines Abends holte ich Larissa von der Arbeit ab, und schon als sie ins Auto stieg, erkannte sie meinen Zustand. »Du hast dich nicht an unsere Abmachung gehalten«, sagte sie und stieg überstürzt wieder aus, als hätte sie sich am Sitz verbrannt. Ich schnappte mir ihren Arm. »Hab dich nicht so, wir haben nur mit den Kollegen angestoßen.« Sie schmollte den ganzen Heimweg. Zu Hause versuchte ich, sie zu küssen, doch sie stieß mich zurück. »Betrunkene küsse ich nicht!« Zorn übermannte mich. Ich packte sie bei den Schultern und schüttelte sie. »Für wen hältst du dich eigentlich?«, schrie ich. »Was weißt du schon von mir?«

»Ich glaube, ich bin einfach eine, die dich gern hat«, erwiderte sie. »Ich weiß, dass du nicht so bist.«

»Willst du mich retten?«, schrie ich. »Bist du wirklich so lieb und brav, ein Engelchen, das vom Himmel kommt?«

»Ich bin nur ich selbst.«

»Dann nimm die Maske ab!«

»Ich habe keine Maske«, antwortete sie eigensinnig.

»Du lügst!«, schrie ich und schleuderte sie mit all meiner Kraft auf das Sofa. »Du lügst!« Dann rannte ich türenschlagend davon.

Bei meiner Rückkehr war die Wohnung leer, keine Spur von ihr, nicht einmal eine Nachricht. Nach einer Woche holte ich sie mit einem schönen Strauß Tulpen – ihren Lieblingsblumen – von der Arbeit ab.

Wie lang ging dieses Auf und Ab? Ein Jahr, vielleicht auch noch einige Monate länger. Von Zeit zu Zeit rief mein Vater an und fragte: »Wann stellst du sie mir vor?«

»Bald«, antwortete ich immer, »bald machen wir einen Ausflug nach Numana und besuchen dich.«

Zuletzt überraschte er mich mit einem Besuch. Er war inzwischen in Rente gegangen, hatte sein Studium abgeschlossen und war ein Aktivist beim Verband für die Rechte der Kranken geworden. Er kam wegen einem seiner Fälle nach Rom und bestand darauf, uns zum Mittagessen einzuladen. Es war kurz vor Ostern. Wir aßen draußen in einem Restaurant in der Nähe der Via Aurelia. Er und Larissa unterhielten sich angeregt, vor allem über Musik – ihre gemeinsame Leidenschaft. Auf dem Heimweg musste er ein bisschen drängen, bis Larissa einwilligte, ihm etwas vorzusingen. Auf der Terrasse neben dem Jasminstrauch stehend, trug sie das Stück vor, das sie gerade für eine bevorstehende Messe probte. Um in Übung zu bleiben, trat Larissa nämlich häufig in den Gottesdiensten ihrer Gemeinde auf.

Bevor er in den Zug stieg, sagte mein Vater, während er mich umarmte: »Du hast einen Engel getroffen.« Ich half ihm die Stufen hinauf und begleitete ihn zu seinem Platz. Schon lange hatte ich ihn nicht mehr so strahlend gesehen. »Siehst du?«, sagte er noch, bevor ich das Abteil verließ. »Das Leben beginnt immer wieder neu.«

»Das Leben versucht, neu zu beginnen …«, hätte ich ihm gern geantwortet, doch hatte ich nicht das Herz, den Zustand der Verzauberung zu durchbrechen, in dem er sich befand.

In den folgenden Tagen war Larissa ganz von den Gottesdiensten in Anspruch genommen. Bevor sie verschwand, lud sie mich ein, in die Auferstehungsmesse zu kommen, um sie singen zu hören. »Ich danke dir«, antwortete ich ihr und kniff sie liebevoll in die Wange, »aber in diesen Dingen bin ich ein bisschen eingerostet.«

Zwei Wochen später gab es ein verlängertes Wochenende. Wir hatten beschlossen, einige Tage Urlaub zu machen, und fuhren in die Toskana. Am letzten Morgen, als wir zwischen den dachlosen Bögen der Kirchenruine von San Galgano herumspazierten, legte sie mir fest den Arm um die Hüfte. »Merkst du denn eigentlich nichts?«, sagte sie mit einer Stimme, die mir freudig und spitzbübisch vorkam.

Ich drehte mich um und musterte sie. »Hast du einen neuen Haarschnitt? Oder ein anderes Make-up?«

Sie lachte: »Siehst du wirklich nicht, was sich verändert hat an mir?«

Lange betrachtete ich ihr Gesicht. »Vielleicht doch, du bist ein kleines bisschen rundlicher.«

Sie nahm meine Hand und legte sie auf ihren Bauch. »Fühlst du es? Wir bekommen ein Kind.«

Ich zog die Hand weg, als hätte ich mich an dem Bauch verbrannt. Das erste Wort, das mir in den Sinn kam, war das dümmste: »Warum?«

Larissa lachte herzlich: »Wusstest du denn nicht, dass Kinder geboren werden, wenn man miteinander schläft?«

Doch auf dem Weg zum Auto, betroffen von meiner plötzlichen, düsteren Stummheit, sah sie mich an: »Freust du dich nicht?«

»Doch, natürlich«, antwortete ich gedankenverloren.

»Warum umarmst du uns dann nicht?«

Ich gehorchte, aber rein mechanisch. »Ich bin so überrascht«, fügte ich hinzu in dem Versuch, menschlich zu wirken, »damit habe ich überhaupt nicht gerechnet.«

Wir hätten noch eine Nacht dort im Hotel bleiben sollen, doch unter dem üblichen Vorwand, es gäbe einen Notfall, gelang es mir, in die Hauptstadt zurückzukehren. Ich wusste, dass ich es nicht ertragen hätte, noch eine einzige Nacht neben diesem Körper zu verbringen. Er enthielt meinen Samen, der heranwuchs – schon seit zwei Monaten hatte sich die befruchtete Eizelle in der Gebärmutter eingenistet, und das, was nun da herumschwamm, unterschied sich nicht sehr von dem winzigen Neugeborenen eines Kängurus. Ich durfte keine Zeit verlieren, denn es war klar, dass ich keine Kinder mehr wollte – außer den beiden, die ich schon in meiner Granitkrypta beerdigt hatte.

Zu Hause angekommen, rief ich sogleich meinen Kollegen an und fragte ihn ohne viele Umschweife: »Sie ist schwanger, was soll ich tun?«

»Ich habe es dir ja gleich gesagt, oder?«, erwiderte er mit einem nervösen Lachen. »Pass auf. Das machen alle so – sie kriegen ein Kind, damit du dich zu dem Schritt entschließt, der ihnen am meisten am Herzen liegt. Du musst es schlau anstellen, um sie zu überzeugen.«

Am nächsten Tag lud ich Larissa zum Abendessen ein, um meine mürrische Reaktion wiedergutzumachen. Ich bestellte mir eine Flasche kräftigen Wein und sagte beim zweiten Glas: »Ein Kind ist etwas Wunderbares, aber bist du sicher, dass du bereit dafür bist? Du bist noch so jung. Und was ist mit all deinen

Plänen, dem Studium, den zukünftigen Konzerten? Wie willst du das alles unter einen Hut bringen? Nicht, dass ich kein Kind von dir möchte, doch vielleicht könnten wir uns etwas mehr Zeit lassen, unsere Beziehung noch etwas festigen.«

Mit jedem Wort wurde ihr von der Kerze beleuchtetes Gesicht blasser. »Was willst du damit sagen?«, fragte sie und stellte ihr Glas auf den Tisch.

»Nur, dass du darüber nachdenken sollst. Für alle Fälle habe ich Freunde im Krankenhaus ...«

»Für alle Fälle ...?«

»Nun, falls du es dir anders überlegst, falls du begreifst, dass es in diesem Augenblick doch eigentlich ein Wahnsinn ist.«

Larissa sprang ruckartig auf und warf den Stuhl um. »Der einzige Wahnsinn bist du«, zischte sie und verschwand mit wütenden Schritten im Halbdunkel des Restaurants.

Ich trank die ganze Nacht, und wie der Wind, der aufs Feuer bläst und die Flammen anfacht, weckte der Alkohol das Ungeheuer, das in mir schlummerte. Am nächsten Tag folgte ich ihr auf dem Weg zu ihrer Gesangsstunde, und bevor sie hineinging, machte ich ihr eine Szene. »Du hast alles getan, um mich reinzulegen«, brüllte ich und schüttelte sie, »und ich bin wie ein Esel darauf hereingefallen. Ich will keine Kinder! Keine mehr! Ich will keine Ehefrau und keine Kinder!« Stumm machte sie sich los und trat in den Hauseingang ihres Lehrers.

»Du musst es schlauer anstellen«, riet mir mein Freund, als ich es ihm erzählte, »sonst schaffst du es nie. Sie wird dich verklagen, und dann musst du auch noch Alimente zahlen.«

Also mobilisierte ich in der folgenden Woche, verängstigt von ihrer Entschlossenheit und den Dämonen, die in mir hausten, scheinheilig meine letzten lyrischen Reserven und schrieb ihr einen langen Brief. Ich hätte meine Meinung geändert, schrieb ich, denn ich hätte verstanden, dass ein Kind genau das sei, was ich nun brauchte, und sie sei die einzige Person auf der Welt, mit der ich es gerne wollte. Damit sie mir verzieh, bot ich an, sie ins Krankenhaus zu begleiten, um alle Routineuntersuchungen zu vereinfachen.

Meine Worte rührten sie.

Einige Tage später, Hand in Hand wie der zärtlichste Ehemann und Vater, begleitete ich sie in die Abteilung, in der mein Freund arbeitete. Mit dem gleichen liebevollen Blick zog ich eines Abends bei mir zu Hause auf dem Sofa die Ergebnisse der Untersuchungen hervor und murmelte, sie in den Arm nehmend: »Leider habe ich eine schlimme Nachricht ...« Larissa sah mich mit ihren länglichen grünen Augen an.

»Und zwar?«

»Unser Kind hat Anenzephalie. Das heißt, es hat kein Gehirn. Es hat sich nicht ausgebildet.«

Ich spürte, wie sich ihr Körper eines Vögelchens in einem tiefen Atemzug dehnte und dann zusammenzog. Sie wurde ganz klein und vergrub den Kopf an meiner Schulter. Ich zeigte ihr kurz die gefälschte Ultraschallaufnahme und beschrieb sie mit aseptischen technischen Ausdrücken. »Das ist sehr traurig«, sagte ich, ihr über die Haare streichend, »aber mach dir keine Sorgen, ich bin bei dir, ich helfe dir, das Problem zu lösen.«

Da ich vor der Abreise zu einer Tagung stand, übergab ich ihr einen Umschlag mit Geld für den ersten Bedarf, brachte sie zurück in ihre Wohnung und verschwand dann mit meinem Auto im Dunkel der Nacht.

21

Ich stehe mit der Sonne auf und ziehe mich bei Sonnenuntergang ins Haus zurück. Im Winter gehe ich sehr früh schlafen. Deshalb bin ich mitten in der Nacht – um zwei, um drei – hellwach.

In der langen Zeit, in der ich umherirrte wie ein Vagabund, habe ich erkannt, dass die Nacht der Augenblick ist, an dem sich das Gebet mit größerer Kraft zeigt.

Auch die Mönche stehen mitten in der Nacht auf, und während wir noch schlafen, steigen ihr Flehen und ihr Dank kraftvoll zum Himmel auf.

Manchmal denke ich, dass gerade diese über unseren Schlaf gesprochenen Worte der Welt ermöglichen weiter zu bestehen – wie Stützbalken, Eisenträger, die das Himmelsgewölbe tragen und verhindern, dass es über unseren Köpfen einstürzt. Man muss blind und taub sein, um nicht zu merken, dass unsere Tage im Hintergrund ein beunruhigendes Knirschen begleitet.

Was ist das Böse?

Hat es ein Gesicht?

Einen Namen?

Eine Stimme?

Oder ist es still, unsichtbar, unversöhnlich, dringt in unsere Poren, vermischt sich mit unserem Kreislauf, unseren Knochen, unserem Nervensystem und wird – ohne dass wir es merken – ein untrennbarer Teil unseres Selbst?

Und wie viele Arten des Bösen gibt es?

Da ist das gröbste, instinktivste Böse – das Böse der Gewalttäter, der Mörder, und dann gibt es subtilere Arten des Bösen, das manipulative Böse – die, die dich glauben machen, ein der Macht gewidmetes Leben sei schöner und gerechter als ein der Liebe gewidmetes Leben.

»Wie wird man eigentlich so weise?«, hat mich einmal jemand gefragt.

»Indem man durch die Hölle geht«, habe ich geantwortet. »Um hinaufzugelangen, muss man vorher sehr tief hinabsteigen.«

»Aber wie kommt man aus der Hölle heraus?«, drängte mein Gast weiter.

»Indem man auf Begegnungen vertraut.«

»Dann muss man sich also zuerst verirren, um den Weg zu finden?«, fragte er verblüfft.

»Ja, wie der Däumling im Wald.« Ich lächelte. »Man muss sich verlieren, um sich wiederzufinden.«

»Und woher soll ich wissen, ob der Weg, den ich einschlage, der richtige ist und nicht einer, der mich in den dunkelsten Teil des Waldes führt?«

In genau dem Augenblick tauchte – aus dem wirklichen Wald – seine Frau auf und rief im Befehlston:

»Aldo, komm her! Schau nur, mindestens ein Kilo Steinpilze!«

Meine Antwort prallte an seinem Rücken ab.

Liebe Nora, wenn ich mir vorstelle, du hättest Zeuge der Jahre sein können, die auf deinen Tod folgten, schäme ich mich schrecklich. Wie konnte ich nur so tief fallen? In irgendeinem Winkel meiner Person war offenbar ein verwerfliches Wesen versteckt. Solange du an meiner Seite warst, blieb es in einer Kammer eingeschlossen. Aber dann, nach deinem Tod, hat sich die Tür geöffnet, und der hässliche Zwerg hat begonnen, in mir zu toben und immer mehr Raum zu erobern.

In diesen letzten Jahren, während ich den Geschichten und den Fragen vieler Menschen zuhörte, ist mir bewusst geworden, dass in uns allen so ein – mehr oder weniger anmaßender, mehr oder weniger frecher – Zwerg lebt. Einige Lebensgeschichten, wie die meine, sind von Extremen gezeichnet; andere verlaufen in platterer Alltäglichkeit – dennoch ist niemand frei vom Zusammenstoß mit dieser Kraft, die uns unablässig und hartnäckig auf unser kläglichstes Niveau drücken will.

»Sie waren doch Arzt, Kardiologe, nicht wahr?«, fragte mich einmal ein unruhiges Mädchen, eine Haarsträhne um den Finger wickelnd.

»Ja.«

»Sie brachten Herzen in Ordnung.«

»In den Grenzen des Möglichen.«

»Nun, das machen Sie ja jetzt auch, oder? In gewisser Weise bringen Sie Herzen wieder in Ordnung, nicht wahr?«

»Mit dem Skalpell war es einfacher«, erwiderte ich. »Jetzt kann ich höchstens Wege aufzeigen, um es selbst zu tun. Jedes Herz birgt in seinem geheimsten Winkel ein Körnchen Weisheit – es erinnert sich an einen Ort, einen Augenblick, in dem es glücklich war, und nach diesem Ort sehnt es sich, dahin will es zurückkehren, so wie die Zugvögel beim Wechsel der Jahreszeit in ihr Land zurückwollen. Nur das kann ich mit meinen Worten bewirken – den Wunsch wecken, loszufliegen.«

»Und wie heißt dieses Land – das Gelobte Land?«

»Es hat viele Namen, aber nur einen Wesenskern – die Unschuld, das Staunen, das Im-Herzen-rein-Sein.«

»Wieder zum Kind werden?«

»Zu einem unverdorbenen Blick zurückkehren, ohne Arglist, zu jenem Blick, der nicht in jedem Ereignis ein Mittel sieht, sondern eine Möglichkeit zu lieben.«

»Ist das sehr schwierig?«

»Ja. Man braucht ein Leben lang, um zurückzukehren, und manchmal genügt ein Leben gar nicht. Und auch wenn du deinen Blick wiederfindest, musst du achtsam sein und aufpassen, denn der hässliche Zwerg lauert ständig – er erträgt es nicht, dass du aus der winzigen Welt geflohen bist, in die er dich verbannen wollte. Er flüstert dir nämlich ein, du seist irgendwo angekommen, er, der Zwerg ist es, der zu dir sagt: ›Halt, du hast deinen Platz erreicht.‹ Deswegen muss man sich die Ohren verstopfen wie Odysseus' Gefährten bei den Sirenen und immer weitergehen.«

»Was heißt denn das, weitergehen?«, fragte das Mädchen noch.

»Es heißt, die Stille bewohnen.«

In den ersten Jahren, die ich hier oben lebte, waren die Stille meiner Tage und die Unmöglichkeit, mich abzulenken, am allerschwersten zu ertragen. Aus der Hölle, die ich durchquert hatte, waren mir Verbrennungen geblieben, es roch nach verbrannter Haut; nachts schreckte ich aus dem Schlaf auf, überzeugt, das Knistern der Flammen zu hören. Manchmal tauchte auch das Feuer in meinen Träumen auf. Oft war es dein Auto, das brannte, in anderen Nächten dagegen war ich von einem Brand umgeben – und jenseits der Flammen sah ich Larissa mit einem Baby im Arm, ich hatte den Feuerlöscher in der Hand, aber er funktionierte nicht, ich drückte den Hebel, und statt Schaum kam mit einem Zischen nur ein bisschen Luft heraus. »Flieht!«, schrie ich im Traum. »Flieht!«, und wachte schweißgebadet auf.

Von Larissa hatte ich nichts mehr gehört. Als ich von der Tagung zurückkam, lag der Umschlag mit dem Geld in meinem Briefkasten, grußlos, ohne Kommentar. Am selben Tag spähte ich im Vorbeifahren in ihr Café hinein, sah sie aber nicht. Ich war unentschlossen, was ich tun sollte: sie suchen, um mich zu vergewissern, dass alles so gelaufen war, wie ich es hoffte, oder abwarten, bis sie sich bei mir rührte.

Dieses Zaudern wurde von einem Anruf weggefegt, der mich am folgenden Morgen weckte. Es war die Polizei von Ancona. Man hatte meinen Vater in der Nacht tot auf einer Bank im Passetto-Park aufgefunden. Wann es passiert war, konnten sie nicht sagen, vielleicht war es schon einen ganzen Tag her. Mit dem Hut auf dem Kopf und der dunklen Brille auf der Nase saß er da, als betrachtete er den Horizont. Sein Hündchen hatte die Aufmerksamkeit der Passanten auf ihn gelenkt, indem es unablässig bellend um ihn herumsprang und an seinem Hosenbein zerrte. Man hatte ihn ins Leichenschauhaus gebracht und die kleine Hündin ins städtische Tierheim.

Schon um die Mittagszeit war ich in Ancona, stand reglos an der Tür, so wie ich zehn Jahre zuvor reglos an unserer Wohnungstür gestanden hatte. »Papa ... Papa ...«, wiederholte ich lauter, wie früher als Kind, wenn ich aus der Schule heimkam. Das Wort flog durch die leeren Räume und setzte sich dann still auf meine Schulter, wie ein abgerichteter Falke. Der Küchentisch war sauber, die Teetasse mit Unterteller und Löffelchen stand im Spülbecken, Laikas Napf war mit frischem Wasser gefüllt. Das einzige Geräusch, das man vernahm, war das Ticken der Standuhr, die ich ihm zum sechzigsten Geburtstag geschenkt hatte.

Tick tack tick tack tick tack. Die Uhr schlug, doch sein Herz war nun stehen geblieben.

Am nächsten Tag fand die Beerdigung statt. Ich ließ ihm den Sextanten in den Sarg legen, den sein Vater ihm zum vierzehnten Geburtstag geschenkt hatte und den er nie hatte benutzen können.

Die Kirche war voller Menschen, es mussten Freunde aus den letzten Jahren sein, denn ich kannte sie zum größten Teil nicht. Don Marco, jener Pfarrer, mit dem ich nach deinem Tod eines Abends spazieren gegangen war, las die Messe. Da er meinen Vater seit vielen Jahren kannte, drückte er sich in seiner Predigt nicht vage aus, sondern sprach lange über ihn, seinen Mut, seine Großzügigkeit, seine Aufrichtigkeit. »Wir alle wissen«, fügte er hinzu, »dass er nicht gläubig war, jedenfalls nicht so wie wir, doch wir wissen auch – wir alle, die wir ihn gekannt haben –, dass wir von ihm und aus seinem Leben nur lernen können, wir, die wir schöne Worte im Munde führen, die sich sehr oft als hohl erweisen.«

Das bewegte Schweigen, mit dem die Anwesenden die Überlegungen des Pfarrers aufnahmen, bezeugte ihre Wahrheit. In der Sakristei, bevor er das Messgewand anlegte, fragte mich der Pfarrer: »Möchten Sie auch sprechen? Möchten Sie etwas sagen?« Ich schüttelte den Kopf. So waren es seine Freunde, die im Lauf des Gottesdienstes an den Altar traten und Beiträge verlasen. Als ein Herr sagte: »Wir danken dir, Herr, für das Geschenk dieses gütigen Mannes, möge das Licht deines Antlitzes ihn strahlen lassen«, begann in mir etwas zu knirschen.

Ich wusste, dass er gern in Zara beerdigt worden wäre, neben seinem Vater und seiner Schwester, hatte mich aber nicht rechtzeitig darum gekümmert. Im Grunde hatte ich nie an seinen Tod als etwas Reales gedacht. Nie sind wir wirklich für den Tod unserer Eltern bereit. Daher wurde er auf dem städtischen Friedhof begraben, neben meiner Mutter.

Am selben Nachmittag holte ich Laika aus dem Tierheim. Als die Hündin mich sah, drehte sie sich vor Freude um sich selbst, doch kaum betraten wir die Wohnung, wurde sie traurig. Sie lief zwischen seinem Sessel und seinem Bett hin und her, dann wagte sie sich bis auf den Balkon und ging von dort ins Bad, schließlich blickte sie mich mit ihrer spitzen Schnauze an, als fragte sie: »Wo ist er?« Daraufhin gab ich ihr die Schlafanzugjacke meines Vaters, und sie trug sie sofort in ihr Körbchen, legte den Kopf darauf und schlief ein – mit seinem Geruch in der Nase konnte sie sich wenigstens der Illusion hingeben, er wäre noch da.

Mir war diese Illusion nicht vergönnt. Ich war müde und verwirrt. Ich fühlte mich, als wäre ich lange auf einem dieser Karussells gewesen, die sich unablässig im Kreis drehen – wenn man aussteigt, bebt alles, und es scheint, als könne man auf nichts mehr vertrauen.

Anstatt mich in mein Jugendbett zu legen, schlief ich in seinem Sessel ein. Bei Tagesanbruch wurde ich von einem Schiff geweckt, das in den Hafen einfuhr. Das Morgenlicht erhellte die Wohnung in ihrer beinahe fanatischen Ordnung. Da er allein und im Dunklen lebte, konnte sich mein Vater keinerlei Unordnung leisten. Ich wollte im Lauf des Vormittags die bürokratischen Formalitäten erledigen und begann die Schubladen zu öffnen. Die Rechnungen, die Verträge und sein Sparbuch lagen alle im Küchenbüfett. Daneben, mit einer Wäscheklammer beschwert, lag ein Umschlag, auf dem, mit Maschine getippt, mein Name stand. Ich setzte mich an den Tisch und öffnete den Brief vorsichtig mithilfe eines Messerchens. Laika, offenbar von meinem Vater daran gewöhnt, setzte sich auf den Stuhl mir gegenüber.

Lieber Matteo,

ich nutze die Freundlichkeit von Don Marco, der angeboten hat, in die Maschine zu schreiben, was ich auf dem Herzen habe und sonst nicht ausdrücken könnte. Es gibt Briefe, die ein Vater lieber nie schreiben möchte, und dieser ist einer davon. Ich hätte direkt mit dir sprechen können, als du das letzte Mal hier warst, doch ich wusste, dass du mich mit der Stimme getäuscht hättest.

Es ist der Geruch, der dir im Vorübergehen anhängt, der mich nicht täuscht. Du lässt dich gehen, du bist auf der schiefen Bahn, und das schmerzt mich zutiefst. Du kommst hierher und erzählst, dass alles gut geht, dass du Karriere machst. Du sprichst und sprichst, ohne je innezuhalten, und diese Redseligkeit, das weiß ich wohl, ist ein Zeichen deiner Krankheit. Glaubst du vielleicht, dass ich ein Dummkopf bin? Oder willst du mich irgendwie schützen, schämst du dich, mir die Verkommenheit zu zeigen, in die du allmählich hineinschlitterst? Das ist es, was mich am meisten verletzt, ich bin doch dein Vater und nicht irgendein Passant, dem man Sand in die Augen streuen kann.

Ich bin dein Vater, der, der dich gezeugt hat, wie kannst du mich anlügen, dich vor mir verstecken? Mit diesem Verhalten bewirkst du, dass ich mich vollkommen nutzlos fühle. Man braucht mich nicht, ich kann dir nicht helfen, mir kannst du dein Herz nicht ausschütten, weil ich nichts weiter bin als ein Teil der Landschaft, ein armer blinder alter Mann, dem man lieber Märchen erzählt. Dass du existierst, ist mein Wille und der Wille deiner Mutter – wie kannst du also denken, dass ich nicht in der Lage sei, dich anzunehmen, dich an der Hand zu nehmen wie als Kind und mit dir zusammen zu gehen? Was ist denn Vaterschaft, wenn nicht dieses ständige Annehmen, die ständige Fähigkeit, den wieder aufzurichten, den man gezeugt hat?

Meine Nächte sind lang, endlos, weil meinen Augen bei Sonnenaufgang nicht der Trost des Lichts gespendet wird. So denke ich häufig daran zurück, wie du noch klein warst, wie ich das erste Mal dein Gesicht gestreichelt habe, wie ich dich in den Arm genommen und neben meinem Herzen deinen zarten Herzschlag gespürt habe. Ich denke daran, wie ich zum ersten Mal deine Schritte durch die Wohnung tappen hörte, zuerst unsicher, ängstlich, dann immer wilder.

Erinnerst du dich, wie gern du mit mir auf der Seepromenade oder auf den Feldern rund um das Haus der Großeltern spazieren gegangen bist? Einmal, du warst in der ersten Klasse Grundschule, hast du meine Beine umarmt und gesagt: »Ich hab dich lieb, weil du ein ganz besonderer Papa bist.« »Warum besonders?«, habe ich dich gefragt. »Weil du mir alles beibringst«, hast du geantwortet. Und auch in den zuweilen harten Diskussionen während deiner Pubertät war ich so glücklich über deine Unabhängigkeit des Denkens, über deinen Wunsch nach Stimmigkeit. Sich nicht zufriedenzugeben war ein Merkmal deines Charakters. Wo ist dieser Teil geblieben? Bist du jetzt mit dir zufrieden? Schaust du in den Spiegel und bist zufrieden? Das müsstest du mir sagen, denn falls es so ist, habe ich eindeutig alles falsch gemacht.

Da war die Tragödie, gewiss. Eine schreckliche Tragödie, und sie hat dein Leben verändert. Doch ich habe an diesem Punkt die Pflicht, dich zu fragen: Warum hast du zugelassen, dass sie dich verändert hat? Habe ich dir etwa nicht gezeigt, dass es eine andere Art gibt, mit den Dingen umzugehen? Glaubst du, für mich sei es leicht gewesen, meinen Vater und meine Schwester explodieren zu sehen? Glaubst du, es sei leicht gewesen, für immer mit diesem in meine nun nicht mehr vorhandene Netzhaut eingebrannten Bild zu leben?

Du weißt, dass ich davon träumte, Kapitän zu werden, und schon als Kind Stunden am Hafen verbrachte, um die Schiffe ankommen zu sehen. Ich konnte es kaum erwarten, erwachsen zu werden, um mir diesen Traum zu erfüllen. Doch das Schicksal hat anders für mich entschieden, und mit diesem Schicksal musste ich mich auseinandersetzen. Am Anfang war es hart, sehr hart, doch dann, mit der Zeit, habe ich verstanden, dass das Schicksal nichts anderes ist als der Weg, den du gehen musst, um dir selbst zu begegnen. Mit allem muss man sich früher oder später abfinden.

Ich lebte ja noch, und das Leben wollte geliebt werden, wollte Tag für Tag ehrlich, standhaft und mutig aufgebaut werden. An Deck eines Schiffes kann man ein Held sein, aber man kann es auch sein, indem man auf einem Balkon sitzt, mit seinem Kind neben sich, das laut die Namen der Fähren ruft.

Nicht die Dinge, die wir tun, verleihen unseren Tagen Qualität, sondern wie wir sie tun. Deshalb müssen wir sie immer auf die menschlichste, beste Weise tun. In jeder einzelnen Geste muss Größe und Würde liegen. Man darf sich nie klein machen lassen, nie erniedrigen lassen, denn das Leben ist wie das Meer: Es gibt windstille Augenblicke, und es gibt Stürme; in beiden Fällen muss man sich bewusst sein, dass es das Wichtigste ist, aufrecht auf der Kommandobrücke zu stehen: dank deiner Rechtschaffenheit wird das Schiff den Hafen erreichen, dass du nicht aufgibst, nicht der Angst nachgibst, wird es ermöglichen, die Ladung, die Besatzung und die Passagiere zu retten, die dir anvertraut wurden.

Mit seinem Leben hat mich mein Vater Seelengröße gelehrt, das Gleiche habe ich versucht, dich zu lehren. Deshalb bitte ich dich, Matteo, komm wieder zu dir, nimm die Last dieses Scheiterns von meinen alten Schultern. Sei ein Mann, sei mutig, hab hohe Ziele. Schenk mir an einem nicht zu fernen Tag die Freude, dich glücklich zu wissen, wieder offen für das Leben und seine ständige Erneuerung.

Aber warte nicht zu lange, denn ich beginne mich ab und zu ein wenig müde zu fühlen. Den Tod fürchte ich nicht, denn wenn er da sein wird, werde ich nicht mehr da sein, doch würde ich es bedauern, nicht das Ende der Geschichte zu sehen. Don Marco behauptet, ich werde es auch aus dem Jenseits sehen. Und was sehe ich dann sonst noch? Er sagt: Alles, was ich hier nicht sehen konnte.

Er glaubt daran, der Glückliche!

Wie auch immer, wenn es so wäre, hoffe ich, eines Tages die Farben aller Weltmeere zu sehen – all die Schattierungen von Azur, von hellem Grün, von tiefem Blau. Ich hoffe, das Jenseits ist so weit und still und kristallin und majestätisch und in einen tiefen Atem eingehüllt, wie ich mir den Indischen Ozean vorstelle.

Dein Vater
Guido

Am selben Morgen, nach meiner Rückkehr vom Standesamt, ging ich zum Pfarrer, um ihm zu danken. »Haben Sie die Antwort gefunden?«, fragte er mich.

»Nein«, sagte ich, »aber vielleicht beginne ich, die Frage zu ahnen.«

Am nächsten Tag bestieg ich mit Laika die Adria-Fähre. Auf Deck stehend, betrachtete ich zum ersten Mal alles aus der umgekehrten Perspektive – nicht das Schiff entfernte sich, sondern das Haus meiner Kindheit wurde immer kleiner, bis es schließlich am Horizont verschwand.

22

Das Knirschen, das ich beim Begräbnis meines Vaters wahrgenommen hatte, war nichts anderes als der erste Riss, der sich in der Granitkathedrale auftat. Schon während ich mit dem Schiff der kroatischen Küste entgegenfuhr, lagerte der Seewind winzige Samen darin ab; ich fühlte mich außergewöhnlich und schmerzlich verwirrt, doch am Grund dieses Schmerzes glomm auch eine Art Schimmer – vielleicht war ich bei meinem unaufhaltsamen Abstieg zuletzt auf der anderen Seite der Erde angelangt und sah nun das Licht der Antipoden.

Laika wich keinen Schritt von meiner Seite, ich konnte ihren anhänglichen, ergebenen, vertrauensvollen Blick kaum ertragen. Unweigerlich sah ich hinter ihren haselnussbraunen Augen die Augen meines Vaters, diese Augen, die ich nie gesehen hatte – und die mich nicht gesehen hatten – und die dennoch alles beobachtet und verstanden hatten. Ich trug seinen Brief in der Jackentasche und fühlte auf meiner Haut, dass genau dieser Punkt eine gewisse Wärme ausstrahlte. Scham war mir zuvor ein unbekanntes Gefühl gewesen. »Schäm dich!«, hatte Großmutter mich in meiner Kindheit angeherrscht, als ich mit der falschen Stimme der Gottesanbeterin ihre geliebten Gebete nachgeplappert hatte. Sie war die Einzige, die je dieses Wort gebraucht hatte. Das Geräusch ihrer knochigen Hand, die meinen Hinterkopf traf, dröhnte erneut in meinem Kopf, zusammen mit ihren Worten: »Schäm dich, mit diesen Dingen scherzt man nicht!«

Ich stand am Heck an der Reling, betrachtete die Schaumspur, die die Schiffsschrauben hinterließen, und lauschte dem Brummen der starken Dieselmotoren, die die gleichen Worte zu wiederholen schienen: »Schäm dich schäm dich schäm dich.« Als ich in die Kabine ging, um mich schlafen zu legen, habe ich nie die Augen zum Spiegel gehoben. Während der Nacht kam Sturm auf, und Laika sprang winselnd aufs Bett. Einen Augenblick lang dachte ich: »Es wäre doch schön, jetzt unterzugehen«, aber gleich darauf graute mir vor der Vorstellung. War ich nicht schon tief genug gesunken? Auf einmal wollte ich meines Vaters und seiner Liebe würdig sein und seines Vertrauens, das er immer zu mir gehabt hatte – und das ich in meinem Zynismus nicht einmal mehr hatte erkennen können.

Und während das Schiff von einer Seite zur anderen schlingerte, beschloss ich innerlich, in meinem Leben einen Punkt zu machen und von vorn zu beginnen. In dem Geist, den er mich gelehrt hatte. Sein Brief, der in meiner Tasche glühte, würde mein Zeuge sein, das Zeichen – das Brandmal – dessen, was ich hinter mir ließ. Ich würde ihn erst an dem Tag wieder öffnen, an dem seine Worte mir keinerlei Schmerz mehr bereiteten – an dem Tag, an dem jener Teil von mir sterben und ein anderer auferstehen würde.

In Zara blieb ich einige Tage.

Ich suchte das Grab meines Großvaters und meiner Tante und all jener, die mir hier vorausgegangen waren. Dann streifte ich durch die Stadt auf der Suche nach den Orten, von denen mein Vater mir erzählt hatte – seine Grundschule, die Mole, wo er angeln ging und den Schiffen zusah. Einige Gebäude standen noch, andere waren verschwunden, vom Krieg verschluckt.

Dann fuhr ich mit einem Leihwagen über Land, um das Haus ausfindig zu machen, in dem er geboren war. Überall standen Schilder, die davor warnten, auszusteigen und über die Felder zu gehen – sie waren alle vermint.

Zum Schluss fand ich das kleine Landhaus, wo er glücklich gewesen war – die Bögen der Fenster und Türen waren aus Stein, und im Hof thronte eine mächtige Linde, darunter die verkohlten Reste einer Laube.

Dies also war die Welt, die er gesehen hatte, diese Formen und Farben mussten die Anker gewesen sein, an die er sich klammerte, als die schwarze Tinte der

Nacht versuchte, jeden Winkel seines Gedächtnisses zu überschwemmen. Ich streichelte den Baumstamm und spürte noch die Wärme jener Hand, die sich vor sechzig Jahren beim Versteckspielen auf dieselbe Stelle gelegt hatte. Im letzten Krieg war das Haus von einer Granate zerstört worden – es hatte kein Dach und keine Fenster mehr, jeder Balken war von schwarzen Brandspuren gezeichnet; an den Außenmauern sah man die Einschüsse der Maschinengewehrgarben.

Am nächsten Tag, während ich auf die Fähre wartete, trank ich in einer Bar an der Strandpromenade ein Glas »Sangue Morlacco«, den Likör, von dem mein Vater so oft gesprochen hatte, denn der war – zusammen mit dem »Maraschino« – ein Wahrzeichen seiner geliebten Stadt. Wie viele Träume – und Schreckensschauer – hatte dieser Name mir in meinen Kindernächten bereitet! Es schien mir unmöglich zu sein, dass mein Vater Sehnsucht nach einem Getränk hatte, nach dem sich doch nur Vampire sehnen konnten. Ich trank langsam – letztlich verband das Blut alle Dinge, und dieses Blut würde mir zur Genesung verhelfen. Als ich das Gläschen auf dem Tablett abstellte, wusste ich, dass soeben wirklich zum letzten Mal Alkohol in meinen Körper gekommen war.

Auf der Rückreise ergriff mich eine euphorische Aufregung. Endlich sah ich einen neuen Weg vor mir und fühlte, dass ich auch die Kraft besaß, ihn zu gehen. Dieser Weg hieß Larissa, der Engel, dem ich begegnet war. Schon von Zara aus rief ich meinen Kollegen an.

»Wenn sie kommt«, sagte ich zu ihm, »dann halte sie auf! Sag ihr, es war ein Irrtum, sag ihr, ich bin schon unterwegs, wir werden das Kind behalten und für immer zusammenleben.«

»Bist du betrunken?«, fragte der Kollege mit seinem üblichen Sarkasmus.

»Noch nie war ich so nüchtern.« Meine Stimme klang wohl sehr aufgeregt.

»Beruhige dich. Sie hat sich noch nicht blicken lassen.«

Diese Antwort erfüllte mich mit ungewöhnlicher Freude. Alles war noch möglich! Im Lauf einer Woche würde es mir gelingen, mein Leben wieder in Gang zu bringen. Ich würde Mann, Vater und Arzt für sie sein, wie zu der Zeit, als wir zusammen waren, aber diesmal mit einem neuen Bewusstsein, denn ich hatte das bittere Kraut des Schmerzes gekostet.

Wie kindlich ich immer noch war, wie töricht ich weiterhin in meinem narzisstischen Wahn befangen war!

Larissa war nicht abtreiben gegangen, aber sie war aus der Bar verschwunden, in der ich sie kennengelernt hatte. Die Jalousien ihrer Wohnung waren heruntergelassen, und an der Sprechanlage antwortete niemand auf mein Klingeln.

Daraufhin überlegte ich, zur Botschaft zu gehen, doch während ich die Nummer im Telefonbuch suchte, wurde mir klar, dass ich ihren Nachnamen nicht wusste. Auch in der Bar wussten sie ihn nicht, weil sie immer schwarzgearbeitet hatte. Vermutlich, sagten sie zu mir, hatte sie gar keine Aufenthaltsgenehmigung. Dann klapperte ich alle Treffpunkte ihrer Landsleute ab, doch alle schüttelten auf mein beharrliches Nachfragen den Kopf: »Larissa? Nie gehört. Nie gesehen.« Einer sagte sogar: »Sind Sie sich sicher, dass es sie gibt?«

War ich mir sicher, dass es sie wirklich gab? Allmählich begann ich selbst daran zu zweifeln. Im Geist sah ich ihre Person nicht vor mir, denn tatsächlich hatte ich ja nie *sie* gesehen. Nur meine Gespenster hatte ich gesehen, meine Projektionen, das, was ich wollte, das sie wäre – die schmutzige Egoistin, die mich ausnützt, oder ein Engel, der mich retten kann. Von ihr war mir nur ein hauchdünnes Nachthemd geblieben, eine Zahnbürste, einige Papierfigürchen – die sie an einem verregneten Nachmittag ausgeschnitten hatte – und eine Tonbandkassette mit ihren Gesangsübungen. »Warum versuchst du nicht auch zu singen?«, hatte sie mich einmal gefragt. »Singen?« Ich hatte losgelacht. »Ich könnte höchstens krächzen.«

»Probier's einfach, entspanne dich«, hatte sie gedrängt. »Es würde dir guttun.«

Ich hatte sie gutmütig aufgezogen: »Und warum sollte mir das guttun, Frau Doktor?«

»Weil nicht du es bist, der singt.«

»Ja, wer denn dann?«

»Der Hauch Gottes, der in allen Dingen ist. Wenn du atmest, atmest du seinen Hauch. Wenn du singst, singt deine Stimme im Einklang mit der seinen.«

Väterlich hatte ich ihr mit dem Zeigefinger auf die Nasenspitze getippt: »Du weißt doch, dass ich nicht an diese Sachen glaube.« Sie hatte mich traurig angesehen und gemurmelt: »Wie schade.«

Welche Stimme hätte ich in dem Moment wohl haben sollen, in der Eiseskälte meiner leeren Wohnung?

Die Stimme eines Mannes, dem man – Handbreit für Handbreit – die Haut abgezogen hat, die Stimme eines Mannes, der mit einem Angelhaken im Herzen atmet.

In meiner Kindheit waren wir einmal mit der Schule im Zoo. Dort hinter den dicken, glänzenden Gitterstäben eines winzigen Käfigs sah ich den ersten Wolf meines Lebens. Er war allein und lief hin und her. Offenbar machte er das schon seit so langer Zeit, dass der Boden ganz abgetreten war – er machte fünf Schritte, dann kehrte er um, wieder fünf Schritte nach der anderen Seite. Er hielt den Blick gesenkt, hatte den Kopf zwischen die Schulterblätter gezogen, nicht einmal nachts ruhte er, sagte der Wärter zu uns. Einige Kinder versuchten ihn zu reizen, doch er trabte gleichgültig weiter – hin und her, hin und her – in der Hoffnung, dass der Tod ihn früher oder später befreien würde.

Jetzt war ich dieser Wolf. Ich war dieser Wolf und gleichzeitig ein großer Wal mit einer Harpune im Rücken. Ich schwamm durchs Meer und hinterließ eine Blutspur. Der Schmerz leitete jeden meiner Schritte, und nun war es ein klarer, reiner, absoluter

Schmerz ohne Wut, ohne Neid, ohne Selbstmitleid. Ein Schmerz, vor dem man sich nur verneigen und ruhig auf den Tod warten kann. Ich nahm drastisch ab. »Lass dich untersuchen«, sagten die Freunde immer wieder, »geh zum Arzt«, doch ich antwortete mit einem Achselzucken. Nachts legte sich Laika neben mich ins Bett, und an ihrem kleinen Körper versuchte ich mich zu wärmen.

Einige Monate später wurde ich zum Direktor des Krankenhauses gerufen. Vor ihm auf dem Schreibtisch lag eine umfangreiche Akte mit meinem Namen darauf. Ohne viele Umschweife teilte er mir mit, dass sich mein professionelles Verhalten – das früher untadelig gewesen sei – im Lauf der Jahre stetig verschlechtert habe. Viele Kollegen hätten sich über mich beklagt, und ihren Berichten zufolge wäre es mehr als einmal beinahe zur Katastrophe gekommen. Das Einzige, was ich tun könne – und müsse –, sei, mich zurückzuziehen, eine lange Auszeit zu nehmen. Später würde die Direktion dann entscheiden, was zu tun sei.

Erst an diesem Punkt hob der Wolf den Kopf, er begriff, dass der Wärter ihm den Schlüssel zuwarf.

23

Müsste ich einen Brief an Larissa schreiben statt an dich, würde ich ihr als Erstes sagen, dass ich in diesen Jahren in gewisser Weise zu singen gelernt habe.

Wenn ich allein bin und arbeite, singe ich.

Ich singe nachts, wenn ich aufwache und das Radio mir den ganzen Schmerz der Welt zu Gehör bringt.

Ich bin nicht allein in diesem Raum, denn der Raum meines Herzens ist voller Menschen – Schiffbrüchige, Verzweifelte, Hungernde, Opfer von Gewalt, Personen mit vollem Bauch, die nicht begreifen, wonach sie hungern. Sie sind alle bei mir, und ich empfange sie mit meinem Gesang. Außer dem ihren nehme ich auch den Schmerz aller Wesen auf, die zwar nicht sprechen können, aber die tiefe Verwüstung des Schmerzes kennen.

Im Sommer singe ich draußen, und meine Worte verfliegen im fernen Gebell der Füchse und den Rufen der Eulen.

Heute Nacht hörte ich, dass der Karmelberg gebrannt hat. So nahm ich außer den Personen auch die

Bäume, die Sträucher, die Schmetterlinge, die Vögel und die am Boden lebenden Tiere in mir auf, die auf diesem riesigen Scheiterhaufen geopfert wurden – eine Folge der menschlichen Nachlässigkeit.

Und zugleich gedachte ich des Propheten Elias, der auf diesem Berg – mit einem Feuer, das niemand vorhersehen konnte – das Heer der Götzenanbeter besiegte.

Wie jedes Element der Natur hat auch das Feuer zwei Gesichter – eines lodert und zerstört, das andere reinigt und bringt neues Leben hervor. Elias besiegte die Götzendiener, doch diese sind erneut unter uns, denn unser Herz birgt den Samen dieses Unkrauts in sich. Ein leichter Regen genügt, und sofort sprießt es, klettert siegreich empor – nistet sich mit seinen haarigen Würzelchen überall ein, schafft Risse, Spalten, Leerräume, in denen es sich mit seinen bescheidenen Horizonten ausbreiten kann.

Zwei Jahre lang reiste ich mit der kleinen Laika durch das Land. Denn das hätte der Wolf nach seiner Befreiung getan – er wäre durch Berge und Täler gezogen, um sein Rudel zu finden. Ich wollte kein Rudel wiederfinden, sondern den Teil von mir, den ich unterwegs verloren hatte. Ich musste zu dem Augenblick zurück, an dem ich – anstatt zwei, drei oder vier Personen zu sein – eine einzige war. Matteo und sonst nichts. Als ich noch die Wolken betrachtete und ihnen Namen gab. Als ich dachte, dass auch die Gottesanbeterinnen wirklich beten könnten. An einem gewissen

Punkt begegnet jeder von uns auf seinem Weg einer Maske – und genau dahin müssen wir zurück, mit einem Streichholz in der Hand. Feuer, das zerstört, Feuer, das heilt, Feuer, das reinigt. Feuer, das auch Wasser ist. Wasser, das die Erde tränkt, den Durst löscht, neues Leben hervorbringt. Wasser, das dir aus den Augen läuft und dich sehend macht.

Ich wanderte ohne ein bestimmtes Ziel. Manchmal nahm ich einen Bus, bestieg einen Zug, manchmal schlief ich im Freien, dann wieder im Hotel oder im Gästehaus eines Klosters. Allen dafür offenen Menschen, die ich traf, stellte ich die gleiche Frage:

»Wer ist Gott?«

Ich bekam sehr viele Antworten, und keine war wie die andere.

»Gott ist die Sonne.«

»Gott ist der Wind.«

»Gott ist jemand, den man fürchten muss.«

»Gott ist niemand.«

»Gott ist Freude.«

»Gott ist ein Herr, den ich nicht haben will.«

»Gott ist mein Geschlecht.«

»Gott ist jemand, der uns strafen wird.«

»Gott? Darüber habe ich noch nie nachgedacht.«

»Gott ist der Weihnachtsmann.«

»Gott ist eine rufende Stimme.«

»Gott ist ein Traum unseres Geistes.«

»Gott ist allmächtig.«

»Gott? Welcher Gott? Meiner, deiner, unserer, ihrer?«

»Gott ist der Grund unseres Daseins.«

»Wer Gott ist? Ein Schauspieler, der seine Rolle nicht richtig gelernt hat.«

»Gott? Gott ist Energie.«

»Ein Sadist, der sein Gesicht verbirgt.«

Im zweiten Winter meiner Wanderschaft wurde der Zug, in dem ich reiste, mitten in einer Ebene von einem plötzlichem Schneesturm gestoppt. Ich teilte das Abteil mit Laika und einer alten Dame. Das Licht ging aus und ebenso die Heizung. Die alte Dame hatte eine kleine Thermoskanne mit Tee dabei und ich meinen Schlafsack. Gegenseitig boten wir uns unsere Schätze an und erzählten uns dann – in der Schwebe in dieser stillstehenden Zeit, in dieser zufälligen Intimität – unsere Geschichten. Nach wenigen Worten entdeckte ich, dass auch in ihrem Rücken eine unsichtbare Harpune steckte. Sie kam aus Bozen, und am Anfang des Krieges, noch sehr jung, hatte sie Lea geboren, ein Kind mit Down-Syndrom. Ihr Mann, aus dem Großbürgertum und älter als sie, überredete sie mithilfe des Arztes sogleich, das Kind in ein Heim in Tirol zu geben. Damals wusste man nicht viel über diese Kinder, und sie an einem Ort weit weg unterzubringen, wo sich jemand um sie kümmerte, schien die beste Lösung zu sein. Tief innen spürte sie natürlich, dass die beste Lösung für beide gewesen wäre, das Kind bei sich zu haben, aber sie war »nur eine Frau« und zu jung, zu unerfahren, um ihren Willen durchsetzen zu können. Ihr Mann stellte ihr das Auto mit Chauffeur zur Verfügung, und einmal im Monat fuhr sie über die Grenze und besuchte die Tochter. Es waren kurze und peinliche Begegnungen. Sie wusste nicht, was sie sagen und tun sollte. Sie saßen mit der Betreuerin in einem kleinen Salon. »Da ist deine Mama!«, sagte diese und verbrachte die halbe Zeit mit dem Auspacken der mitgebrachten Geschenke, für die sich Lea aber kaum zu interessieren schien. Sie fixierte ihre Mutter mit ihren kleinen schrägen Augen und rollte weiter die dicke Zunge im Mund. Nur eine bunt bemalte Holzente – die man im Gehen an einer Schnur hinter sich herzog – weckte ihre Begeisterung. »Versteht Lea mich denn?«, fragte sie eines Tages die Betreuerin. Die zuckte mit den Schultern: »Ein bisschen vielleicht. Auf ihre Art, ja.« Doch die Kleine wuchs heran und war gut gepflegt, stets gewaschen, sauber, mit einer karierten Schürze und Zöpfchen mit Schleifen. Ab und zu unternahm die Mutter erneut einen Vorstoß bei ihrem Mann: »Lea kann laufen«, sagte sie, »Lea spricht«, doch er stellte sich taub.

Als Lea größer wurde, zeigte sich, dass sie einen fröhlichen Charakter hatte und stets lächelte. Eines Tages kam sie ihr mit einem Blatt Papier entgegengelaufen – mit roter Temperafarbe hatte sie ihre Handfläche darauf abgedrückt. »Ist das ein Geschenk für mich?«, fragte die Mutter. »Ja, Mama.« Zum ersten Mal hatte die Tochter sie beim Namen genannt. »Mein Schatz!« Sie nahm sie in den Arm und drückte sie fest an sich. Als sie sie küsste, roch sie ihren Geruch. Den

Geruch nach langen, kalten Fluren, nach Desinfektionsmittel, nach immer gleichen Suppen.

Wieder zu Hause, trat sie ihrem Mann entgegen: »Wenigstens am Wochenende!«, schrie sie ihn an und zeigte die Krallen einer Löwin, von denen sie gar nicht wusste, dass sie sie hatte. »Wenigstens ein Wochenende im Monat.« Zuletzt gab er nach. »Wie du willst«, sagte er. »Doch wisse, dass es für sie nur schlimmer sein wird. Du zeigst ihr damit eine Welt, in der sie nie wird leben können.«

Nie, sagte die alte Dame zu mir, war sie in ihrem Herzen so glücklich gewesen wie auf jener Fahrt. Sie hatte einen leeren Koffer dabei, um Leas Sachen einzupacken. Am Sonntag wollte sie mit ihr in einer Konditorei unter den Arkaden heiße Schokolade trinken gehen. Hoch erhobenen Hauptes wollte sie allen ins Gesicht schauen. »Das ist meine Tochter Lea«, wollte sie sagen und sie allen stolz vorstellen.

Hier wurde ihre Erzählung vom Kontrolleur unterbrochen. »Gibt es Neuigkeiten?«

»Keine einzige, solange der Sturm dauert.« Vor den Zugfenstern sah man in der Dunkelheit undeutlich eine weiße Schneelandschaft – weiß und still. Ich hörte den keuchenden Atem meiner Reisegefährtin. Vielleicht hatte sie ein Emphysem, oder die Harpune hatte das Brustfell durchstochen.

»Und dann?«, fragte ich, als der Kontrolleur gegangen war.

»Dann«, antwortete sie, »habe ich Lea nie wiedergesehen. Ich konnte nicht einmal in Erfahrung bringen, wo ihr Körper hingekommen ist.«

Langes Schweigen folgte.

»Europa war von einem Strudel erfasst worden«, fuhr sie schließlich fort, »einem schwarzen Strudel des Wahnsinns und des Todes – vom teuflischen Strudel der Barbarei, des wilden Götzendienstes. Wir tranken weiter Tee, aßen Torte und gingen ins Konzert, wir merkten nichts. Derweil holte sich der Strudel in aller Stille seine Opfer, nachts – womöglich mit dem freundlichen Gesicht der Wissenschaft, mit dem beruhigenden Lächeln dessen, der zum Guten der Menschheit handelt. Man musste vollkommen sein, und das war meine Tochter nicht. Ihr Leben war nutzlos, störend, sie stahl denen Lebensraum, die mehr Recht darauf hatten – den Großen, den Starken, den Ariern, die in naher Zukunft die Welt beherrschen sollten. Mein ganzes Leben ist zuletzt auf ein einziges Bild zusammengeschrumpft – Leas verlorener Blick auf dem Lastwagen, der sie dem Tod entgegenbringt, ihre plötzliche Einsamkeit. Und dann die herzzerreißende Gewissheit, dass sie ihren Mördern mit dem gleichen Vertrauen entgegengelaufen ist, mit dem sie mir immer entgegenkam – lächelnd. In Leas Welt war kein Platz für das Böse.« Mit einer Stimme, die aus einer sehr sehr fernen Welt zu kommen schien, fuhr sie dann fort: »Jahrelang habe ich nur den Tod herbeigesehnt, dennoch ist es mir nie gelungen, diesen Schritt zu tun. Und wissen Sie, warum? Weil ich eine Antwort wollte. Als Kind hatte man mich gelehrt, Gott sei

Güte und Allmacht. Wo waren Güte und Allmacht, während Lea missbraucht wurde, während man Experimente an ihrem Körper vornahm?«

»Wo war er?«, fragte ich.

»Er war nicht da. Und wissen Sie, warum? Weil Gott nicht allmächtig ist. Jahrtausende haben wir uns mit dieser Vorstellung geschmeichelt, wie Küken in der lauen Wärme des Brutkastens, dabei stimmt es gar nicht.«

»Kann Gott nicht alles?«

»Er kann gar nichts ohne unsere Mitarbeit.«

»Und was können wir tun?«

»Bei ihm sein, ihm zuhören, ihn schützen. Trösten.«

»Wo ist Gott überhaupt?«

»Gott ist da, wo man ihn hereinlässt.«

In dem Augenblick fuhr der Zug ächzend wieder an.

24

Heute Nacht hat mein ältestes Schaf ein Lämmchen geboren. Ich war darauf gefasst, denn sehr häufig finden die Geburten bei Vollmond statt – und der im Februar ist ein bevorzugter Termin. Um drei Uhr früh bin ich in den Schafstall gegangen, und Pina – so heißt die Veteranin – lief schon unruhig auf und ab. Mit der Laterne in der Hand habe ich mich zu ihr gesetzt, und wenig später kam, umhüllt von der glänzenden Fruchtblase, das Mäulchen des Neugeborenen zum Vorschein; es dauerte nur ein paar Minuten, dann war auch der ganze Körper da, und die Mutter begann, das Junge mit liebevoller Gelassenheit zu lecken, um es zu säubern. Gleich darauf hob das Kleine den Kopf, und ihre Nasen berührten sich. Als ich im Morgengrauen noch einmal nachschaute, stand das Lämmchen schon auf seinen vier Beinen und hing an der Zitze der Mutter – es saugte und bewegte sein Schwänzchen mit der Gelassenheit dessen, dem die Welt zu Füßen liegt.

Alle Tierjungen sind hübsch, aber die Schäfchen strahlen immer etwas Besonderes aus – Freude und Unschuld in jedem Augenblick ihrer Existenz. Wenn sie auf die Weide kommen, hüpfen sie, laufen einander nach und wetteifern, wer den höchsten Platz erobert – einen umgedrehten Eimer, einen Schemel, eine kleine Bodenerhebung –, und von dort oben schubsen sie sich, schlagen aus, machen bizarre Sprünge. Doch kaum erscheint am Horizont eine wie auch immer geartete Bedrohung, suchen sie sofort Schutz zwischen den Beinen der Mutter. In wenigen Augenblicken finden sie alle – auch wenn es hundert, zweihundert, dreihundert sind – in der Herde diejenige wieder, die sie auf die Welt gebracht hat. Genauso machen sie es, wenn es Zeit wird zum Stillen – die Muttertiere rufen, und sie eilen herbei. Dann breitet sich auf der Weide das große Schweigen des Saugens aus, und danach hört man nur vereinzelt gedämpftes Blöken, während die Kleinen – die Augen halb geschlossen und die Beine unter dem Körper gefaltet – im Schatten ihrer Mütter ein Schläfchen halten.

»Wie kann man so ein Geschöpf töten?«, fragen mich die Menschen aus der Stadt häufig, wenn sie hier vorbeikommen.

»Wie kann man sich das Leben ohne den Tod vorstellen?«, frage ich dann zurück.

Sie sehen mich ratlos an. Manche bieten mir Geld an – sie wollen ein Lämmchen adoptieren, damit es bis ans Ende seiner Tage leben kann. »Ich töte sie nicht«, versichere ich ihnen, »doch unweigerlich kommt der Tag, an dem man gezwungen ist, welche zu schlachten.«

»Warum?«

»Weil für viele Schafe ein einziger Bock genügt. Das ist ein Naturgesetz.«

»Dann ist die Natur grausam«, erwidern sie empört.

»Die Grausamkeit ist die erste Antwort.«

»Und die zweite?«

»Die zweite ist, dass sie von uns verlangt, sie zu verstehen.«

Weißt du, vielleicht habe ich erst hier oben – erst in diesen fünfzehn Jahren der Ferne und des Nachdenkens – den tieferen Sinn deines Bedürfnisses nach Alleinsein am Morgen wirklich verstanden. Ohne Alleinsein gibt es keine Möglichkeit, den Sinn der Zeit zu begreifen. So, wie das Lamm von der Mutter genährt wird, nährt sich unsere Zeit von der Ewigkeit. Sich außerhalb dieser Mütterlichkeit zu stellen bedeutet, sich jeder möglichen Antwort auf die Frage nach dem Sinn zu verschließen.

Du bist in meinem Leben erschienen, und dann bist du auf einmal gegangen, und ich bin jahrelang wütend dem nachgejagt, was ich verloren hatte, ohne mir bewusst zu machen, dass ich mich nicht auf die Abwesenheit an sich konzentrieren musste, sondern auf die Bedeutung, die dieser Verlust für mein Leben hatte.

Du hast dich zurückgezogen, damit ich wachsen konnte.

Solange ich das nicht verstanden habe, war dein Opfer nutzlos. Das klingt schrecklich – grausam wie das Gesetz der Lämmer –, dennoch ist es so. Innerlich lebt man immer mit dem Tod neben sich – dem Tod der Menschen, die wir lieben, und dem Tod jener Teile von uns, die wir töten müssen, um voranzugehen.

Viele, zu viele Jahre habe ich mich an die Erinnerung an dich geklammert wie ein Schiffbrüchiger an ein Rettungsboot. Du warst einfach zum Fetisch geworden, dem ich mit meinen schwächsten Seiten huldigte. Und ich begann erst dann wieder, dich als lebendig zu empfinden, als ich Wut und Selbstmitleid durch das Gefühl der Dankbarkeit ersetzt habe. Du hast ja mit deiner Liebe den leeren Raum ausgefüllt, den ich in mir hatte, dein inneres Licht war auch das meine. Sosehr ich mich auch bemüht habe – viel zu lange –, diese Leere mit Müll zuzudecken, an einem bestimmten Punkt tauchte die Sehnsucht nach diesem Licht wieder auf. Woher kam es? Wie sollte, konnte ich es wieder in mir zum Leben erwecken?

Das Gespräch mit der Dame im Zug war ein wesentlicher Schritt. Monatelang dachte ich im Gehen über ihre Worte nach. Als ich mit Laika dieses Hochplateau erreichte und sie glücklich herumspringen sah, beschloss ich hierzubleiben. Wiedergutmachen, zuhören, trösten. All diese Dinge konnte ich nicht tun, solange ich wie ein Landstreicher umherzog. Ich hatte keine Bücher dabei, musste keine großartigen Ideen oder Taten hervorbringen – das einzige Gefühl, das mich in dem Moment bewegte, war der gute Wille. Ich wollte mich ändern, wollte den Schmerz und die Zerstörung in etwas anderes verwandeln. Ich wollte alles Böse, das ich angerichtet hatte, wiedergutmachen – wenn mir auch nicht ganz klar war, wie. Ich wollte entdecken, wo meine Türen waren, wo sich meine Fenster befanden, und versuchen, sie zu öffnen.

Ein erstes Zeichen war, dass ich plötzlich verstand, was dir passiert war. Es war im November des ersten Jahres, und ich sammelte gerade Holz im Buchenwald, als direkt vor mir ein dicker toter Ast von einem Baum auf den Boden krachte. Flora, das Medium, hatte gesagt, du habest dich nicht umgebracht. In dem Moment habe ich den Grund deines Todes verstanden – so einfach, so banal –, als Arzt hätte ich ihn schon viel früher verstehen müssen. Du hattest ein Aneurysma, das geplatzt ist, und dann ist das Auto von der Fahrbahn abgekommen, weil du das Bewusstsein verloren hattest. War nicht auch deine Mutter daran gestorben, im Jahr nach unserer Hochzeit? Und hattest du nicht, als du ins Auto einstiegst, gesagt: »Ich bekomme gerade arge Kopfschmerzen«?

Endlich den Grund zu begreifen hat mir einen tiefen Frieden geschenkt, und mit diesem neuen Gefühl habe ich begonnen, mich mit den Alltagsdingen zu befassen. Mit den Händen arbeitend, gelang es mir langsam, den Kopf von allen nutzlosen, überflüssigen Ideen zu entrümpeln. Als ich dann wieder frei denken konnte, merkte ich, dass ich bisher nie die Realität gesehen hatte, sondern nur das, was ich gern als Realität gehabt hätte. Mit drei Monaten beginnt sich der Schleier vor den Augen der Neugeborenen zu lichten. So fühlte ich mich – wie ein dreimonatiges Baby. Ich sah die Dinge und wunderte mich über ihre Schönheit. Das ist ein Blatt, sagte ich mir, das ist eine Eichel, und dieses Meisterwerk an Weichheit und Wärme ist das Nest einer Schwanzmeise. Ich kam aus dem Staunen nicht heraus und fragte mich, wo all diese Dinge denn bisher gewesen waren. Doch sofort antwortete ich mir mit einer weiteren Frage – wo war ich gewesen?

Im folgenden Frühjahr starb Laika. Sie erlosch langsam, in ihrem Korb vor dem Kamin ausgestreckt, an Altersschwäche. Ihr Blick war schon länger vom grauen Star getrübt, doch sie hörte noch ausgezeichnet.

Als mir klar wurde, dass das Leben aus ihr wich, setzte ich mich neben sie, blieb einen Tag und eine ganze Nacht an ihrer Seite und streichelte sie. Ich erzählte ihr, was wir alles zusammen gemacht hatten, und ab und zu klopfte sie schwach mit dem Schwanz, als wollte sie sagen: »Ja, ja, ich entsinne mich auch.« Gegen Morgen fiel ihr das Atmen immer schwerer. Da flüsterte ich ihr den Namen meines Vaters zu: »Guido ...« Laika spitzte die Ohren – ihre Rosenknospenohren – und wedelte auf einmal mit großer Kraft. Gleich darauf gab sie ein leises Winseln von sich, und ihr Körper wurde vom Tod empfangen.

Noch am selben Morgen begrub ich sie vor dem Gemüsegarten und gab ihr auch den Brief meines Vaters mit ins Grab, den ich all die Jahre in der Tasche bei mir getragen hatte.

In jener Nacht sah ich sie beide wieder. Ihre Körper waren anders als zu Lebzeiten, sie schienen nicht aus Materie, sondern eher aus Buchenblättern zu bestehen – den Herbstblättern, wenn die Sonne sie streift und in kleine goldene Flammen verwandelt. Sie taten nichts, sie sagten nichts, sie gingen einfach nebeneinanderher, in ein Licht gehüllt, das ich bis dahin nicht gekannt hatte. Ich schreckte aus dem Schlaf auf, nicht durch ein Geräusch, nicht aus Angst, sondern weil mein Herz begonnen hatte, anders zu schlagen, genauso sonderbar wie bei der Hellseherin, als ich im Zimmer deinen Duft gerochen hatte. So, dachte ich, muss das Herz des Hundes Argo geschlagen haben, als er längst jede Hoffnung verloren glaubte und dann seinen Herrn Odysseus auf der Schwelle stehen sah. Die Liebe, die wartet, die Liebe, die durch die Rückkehr belohnt wird.

Mit den Jahren ist mir klar geworden, dass das Ewige ab und an die Zeit durchbricht. Ohne Theorien, planlos, ohne Punkte zu sammeln, ohne Waage. Das Ewige bricht durch und zeigt das in den Dingen verborgene Feuer. Dieses Feuer ist der Grund unserer Freude. Weißt du noch? *Ich glaube, ein Grashalm ist nicht geringer als das Tagwerk der Sterne*. Tag für Tag verstand ich nun den Sinn dieser Worte, die du so geliebt hast; ich lernte das Flämmchen wahrzunehmen, das in allem glüht, was uns umgibt. In den Steinen, in den Blättern, in den Blumen, in den Raben, in den Katzen, in den Bienen, in den Bäumen, in den Schmetterlingen, in jedem Samen, der aufgeht, in jeder mineralischen Struktur, in jedem Geschöpf, das auf die Welt kommt, wirkt ein Funke des ursprünglichen Lichts.

Leben ist letztlich nichts anderes als das – ihn zu sehen und sein Möglichstes zu tun, damit er nicht verlöscht.

Wenn jemand hier heraufkommt und mich nach einer Methode fragt, nach einem Weg, um glücklich zu werden, muss ich häufig lächeln.

»Der Weg ist das Leben.«

Doch diese Antwort befriedigt sie nicht. Sie hätten lieber etwas Großes, Klares, Sicheres. Man muss wie die Lämmer im Schatten des Mutterschafs sein, um zu begreifen, dass es keine Allmacht in der Liebe gibt, sondern vielmehr die Begegnung von zwei verletzlichen Wesen. Erst wenn du das akzeptiert hast, kommt in deinen Tagen alles ins Lot.

Im vergangenen Herbst, beim Hühnerfüttern, sah ich am Ende der Wiese eine Gestalt auftauchen. Es war ein Mittwoch, der Tag, an dem gewöhnlich niemand hier vorbeigeht, deshalb wunderte ich mich. Als er näher gekommen war und mich grüßte, merkte ich, dass es noch fast ein Junge war. Er hatte einen Rucksack dabei und eine gleichzeitig scheue und verwegene Art. Schwungvoll gab er mir die Hand. »Hallo, ich heiße Nathan, kann ich ein paar Tage hierbleiben?«

Später erklärte er mir, er sei ein leidenschaftlicher Ornithologe und hier heraufgestiegen, um die Spechte im nahen Wald zu beobachten. Das überraschte mich – es war das erste Mal, dass jemand eine solche Bitte äußerte, gleichwohl antwortete ich ihm das, was ich zu allen sage: »Mein Haus ist dein Haus.«

Er richtete sich in dem Stockbett ein und wollte noch am selben Nachmittag in den Wald gehen. »Verirr dich nicht!«, rief ich ihm nach, bevor ich seinen Rücken zwischen den Bäumen verschwinden sah.

Bei Einbruch der Dämmerung kehrte er zurück, setzte sich in eine Ecke und machte sich Notizen in ein Heft. Ab und zu hatte ich den Eindruck, dass er mich beobachtete, und wenn sich unsere Blicke trafen, war mir, als erröte er. Beim Abendessen musste ich ihm jedes Wort aus der Nase ziehen. Er kam aus Mailand, besuchte die vorletzte Klasse Gymnasium; später wollte er Biologie studieren, sich in einer Naturschutzorganisation engagieren. Als er von seiner Leidenschaft sprach, wurde er lockerer, ereiferte sich: »Wie kann man bloß auf dieser Welt leben und nicht darum kämpfen, sie in einen besseren Ort zu verwandeln? Im Pazifischen Ozean gibt es einen schwimmenden Kontinent, der doppelt so groß ist wie die Vereinigten Staaten und nur aus Plastikabfall besteht! Wie kann man so etwas wissen und trotzdem noch ruhig schlafen? Ein einziges Stück Plastik braucht 500 Jahre, bis es zerfällt! Wie kann man da weiter konsumieren und zerstören und denken, dass einen die Sache nichts angeht? Wen geht sie denn etwas an? Man kann nicht mehr einfach die Hände in den Schoß legen.«

»Was außen ist«, erwiderte ich, »ist nur ein Spiegel dessen, was wir in uns tragen. Wenn wir unser Inneres wie eine Müllkippe behandeln, können wir nicht erwarten, dass sich die Welt rund um uns wie durch Zauberei in einen Garten verwandelt.«

Anschließend sprach er von seiner Liebe zum Meer. »Es ist komisch«, sagte er, »obwohl ich in Mailand geboren bin, mitten im Smog, habe ich schon als Kind vom Meer geträumt. Vielleicht spezialisiere ich mich auf Meeresbiologie. Diesen Sommer gehe ich erst mal als freiwilliger Helfer auf ein Schiff, um Delfine zu retten. Sie verwechseln Plastiktüten mit Quallen, fressen sie und ersticken daran.«

»Du hast einen seltenen Namen«, bemerkte ich nach einer Pause. »War es der Name eines deiner Vorfahren, oder haben ihn deine Eltern gewählt?«

Unbekümmert zuckte Nathan mit den Achseln. »Den hat meine Mutter ausgesucht. Natürlich, ohne mich um Erlaubnis zu fragen«, fügte er lächelnd hinzu.

»Gefällt er dir nicht?«

»Ich hätte etwas Einfacheres vorgezogen.«

»Es ist der Name eines großen Propheten.«

Er räkelte sich gähnend. »Ich weiß, Nathan, der Spielverderber, der die Intrigen von König David aufdeckt. Aber wie auch immer, Propheten sind zurzeit nicht gerade in.«

»Propheten sind nie in«, antwortete ich, bevor ich mich für die Nacht verabschiedete.

In jener Nacht konnte ich nicht einschlafen. So schwer es war, mir das einzugestehen, irgendetwas an ihm beunruhigte mich. Ich hörte sein leises Schnarchen und fühlte mich zunehmend verunsichert. Als ich am nächsten Morgen sah, wie er sorgfältig und ordentlich die Tassen und die Teekanne auf dem Spülbecken aufräumte, breitete sich meine Unruhe aus wie ein Ölfleck.

An dem Tag wollte ich ihn in den Wald begleiten. Blätterraschelnd gingen wir nebeneinander, sprachen wenig. Ich erzählte ihm die Geschichten des Waldes, die ich in- und auswendig kannte, und er hörte schweigend zu. Ab und zu fragte er etwas, ob es Dachse gebe, nach der Populationsdichte und Gesundheit der Rehe. Auf dem Rückweg veranlassten ihn seine langen Beine, vor mir zu gehen. Je sicherer sein Schritt war, umso unsicherer wurde der meine, mit jedem Meter.

Vor dem Abendessen – mit einer Ungeschicktheit, die ich längst überwunden glaubte – stolperte ich und verschüttete die Suppe. Der Junge half mir, den Tisch abzuwischen, und als er meine Betrübnis sah, ermunterte er mich schulterzuckend: »Nicht so schlimm! Mit so was muss man sich abfinden ...«

In dieser Nacht, sobald er eingeschlafen war, ging ich in den Stall, um wieder ruhig zu werden.

»Weißt du, was dein Name bedeutet?«, fragte ich ihn am nächsten Morgen, als er verstrubbelt und mit zerknittertem Sweatshirt vor mir auftauchte.

»Selbstverständlich. Gott hat gegeben.«

Es folgte ein langes Schweigen, dann nahm ich all meinen Mut zusammen und fragte: »Singt deine Mutter?«

Als er antwortete: »Ja«, sind mir die Kräfte geschwunden. Eine Weile irrte sein Blick durch den Raum, genau wie der meine.

»Warum bist du hergekommen?«

»Einfach so, aus Neugier. Weil es nicht schön ist, jeden Tag aufzustehen und das Gesicht des eigenen Vaters nicht zu kennen, nicht zu wissen, was vor dir war.«

Danach hat er mir erzählt, dass Larissa einen Geiger der Scala geheiratet und noch eine Tochter bekommen hatte, Cecilia, und dass sie noch immer sang.

»Verachtest du mich?«, habe ich seinen Rücken gefragt, während er seine Tasse spülte.

»Meine Mutter hat mich gelehrt, über niemanden zu urteilen.«

Dann hat er seinen Rucksack gepackt.

»Waren die Spechte ein Vorwand?«, fragte ich, während er seine Sachen verstaute.

»Nein«, erwiderte er. »Sie interessieren mich wirklich.«

Ich begleitete ihn bis an den Rand der Wiese. Meine Füße waren schwer wie Blei, mein Herz wie versteinert, bedrückt von einer Angst, die ich noch nie empfunden hatte. Als ich fragte: »Kommst du wieder?«, wunderte ich mich nicht über die Brüchigkeit meiner Stimme.

Nathan lächelte – es war das Lächeln meines Vaters. »Findest du das nicht auch komisch?«, bemerkte er.

»Komisch, was?«

»Dass die Geschichte sich verkehrt hat.«

»Welche Geschichte?«

»Die vom verlorenen Sohn. Da war der Sohn von daheim weggegangen, und es war der Vater, der ihm bei seiner Rückkehr verzeihen musste. Hier dagegen ist es der Vater, der geht, und der Sohn muss sich auf die Suche nach ihm machen, muss Meere und Berge bezwingen, um ihn zu finden.« Er lachte laut los. »Auf die Religion ist kein Verlass mehr. Die Welt steht wirklich kopf. Jetzt sind es die Väter, die ihre Söhne um Verzeihung bitten müssen.«

Wir standen voreinander. Gern hätte ich seine Hand zwischen die meinen genommen, wie mein Vater es machte; am liebsten hätte ich ihn umarmt. Als ich sagte: »Verzeih mir«, wurde er über und über rot.

»Schon geschehen«, erwiderte er mit einem unerwarteten Zittern in der Stimme. »Schon geschehen, auch wenn du dich wie ein Schweinehund benommen hast. Aber« – er zögerte einen Augenblick und fuhr dann in seinem gewohnten ironischen Ton fort – »erwarte nicht, dass ich das fette Kalb schlachte. Kein Kalb, kein Lamm und auch kein Huhn. Ich werde zur

Feier des Tages höchstens eine Aubergine schlachten, ich bin nämlich Vegetarier.«

Für den Bruchteil einer Sekunde war alles offen. Beide schwankten wir zwischen Anziehung und Furcht, und so trennten wir uns, ohne uns zu berühren.

Erst auf der Hälfte des Abhangs, fern von der Gefahr eines Gefühlsausbruchs, den er nicht hätte kontrollieren können, drehte er sich zu mir um und rief: »Ja, ich komme wieder.« Bevor er, unten an der Wiese angelangt, verschwand, winkte er mir noch einmal zu. Ich winkte zurück.

Allein geblieben, rannte ich in den Wald. Mir war, als würde ich gleich explodieren, ich brauchte Schutz. Beim ersten großen Baum, der mir begegnete, blieb ich stehen, lehnte die Stirn an den Stamm und brach in Schluchzen aus. Ich weinte alle Tränen meines Lebens und schenkte der Buche all jene Umarmungen, die ich nie gegeben hatte. Ihre silbrige Rinde nahm meinen ganzen Schmerz auf. Zuletzt kauerte ich mich erschöpft an ihren Wurzeln nieder, wie ein Lamm zu Füßen des Muttertiers, und versank in einen raschen tiefen Schlaf.

Beim Erwachen fühlte ich mich leicht, außerordentlich leicht. Draußen vor dem Wald leuchtete das Mittagslicht.

Als ich den Schafstall erreichte, fiel mir das strahlende Gesicht einer alten Frau wieder ein, die ich auf meiner langen Wanderschaft in einem kleinen Bergdorf getroffen hatte. Sie war schwarz gekleidet und saß auf einer Bank, mit einem Stock in den knotigen, von der Arbeit abgehärmten Händen.

Ich setzte mich neben sie, und auf die Frage »Wer ist Gott?«, antwortete sie mir: »Gott ist ein Kind, dem man die Windeln wechseln muss.«